Steven Burns ist ein wahrhaft außergewöhnlicher Detektiv. Die Erforschung paranormaler Phänomene und der Kampf gegen übernatürliche Mächte des Bösen führen den erfolglosen Schriftsteller in bisher unbekannte Welten und eröffnen unfassbare Horizonte …

Vancouver: Seit Monaten verschwinden Kinder aus Krankenhäusern, ohne eine Spur zu hinterlassen. Eine Sonderkommission unter der Leitung des undurchsichtigen Bakerman untersucht die Vorgänge, zunächst jedoch ohne Ergebnis.
Gleichzeitig erschüttert eine grauenvolle Mordserie die Stadt an Kanadas Westküste. Gerüchte über fremdartige Kreaturen, die ihre Opfer auf bestialische Weise ermorden, versetzen die Bewohner in Angst und Schrecken. Die Presse nennt sie die »Fliegenden Schatten«.
Während seine Mitarbeiter eine Verbindung zwischen den Fällen rekonstruieren können, verfolgt Bakerman nebenbei eigene Pläne. So begibt er sich in die Kreise angeblicher Zauberer und fordert eine alte Bringschuld ein: Er verlangt, dass der Schriftsteller Steven Burns überwacht wird, der sich im Zuge eigenständiger Recherchen ebenfalls in die mysteriösen Ereignisse verstrickt. Nur Bakerman allein weiß, dass Stevens Schicksal mit dem seinigen eng verbunden ist und dass sie der Bedrohung nicht zum ersten Mal gegenüberstehen …

Herausgeber: Andreas Gloge, Volker Sassenberg

gabriel burns

DIE GRAUEN ENGEL

Mystery Thriller

Ullstein

Besuchen Sie uns im Internet:
www.ullstein-taschenbuch.de

Umwelthinweis:
Dieses Buch wurde auf chlor- und säurefreiem Papier gedruckt.

Originalausgabe im Ullstein Taschenbuch
1. Auflage April 2007

Universal_Music Family Entertainment –
a division of Universal Music GmbH
Umschlaggestaltung: Büro Hamburg
Titelabbildung: © Decision Products/Ingo Masjoshusmann
Gabriel Burns ist ein eingetragenes Markenzeichen von
Decision Products/Volker Sassenberg

Satz: Pinkuin Satz und Datentechnik, Berlin
Gesetzt aus der Optima
Druck und Bindearbeiten: Ebner & Spiegel, Ulm
Printed in Germany
ISBN 978-3-548-26697-8

ICH WEISS, WAS ANGST IST. WIE SIE SICH ANFÜHLT, WIE SIE DEN VERSTAND LÄHMT UND JEDEN IN EIN HILFLOSES, ZITTERNDES ETWAS VERWANDELN KANN.

ICH MUSS VON SCHRECKLICHEN BEGEBENHEITEN BERICHTEN, DIE ZUMEIST IM VERBORGENEN, ABER MANCHMAL AUCH IN UNSERER UNMITTELBAREN NÄHE GESCHAHEN. UND NOCH IMMER GESCHEHEN.

ES WÄRE EIN VERHÄNGNISVOLLER FEHLER, DIE MENSCHEN DARÜBER IM UNKLAREN ZU LASSEN. ES IST AN DER ZEIT, DASS SIE DIE WAHRHEIT ERFAHREN …

ALLES BEGINNT IN EINER STADT, VON DER ES HEISST, SIE SEI AUF URALTEM LAND ERBAUT. BEWACHT VON DEN NAHEN GIPFELN DES KÜSTENGEBIRGES.

WILLKOMMEN IN VANCOUVER …

PROLOG

Der Biologieunterricht bei Mrs Mayfield war Carl immer der liebste gewesen. Umso mehr schmerzte es den Jungen, seiner Lehrerin erklären zu müssen, dass sie noch an diesem Tag sterben würde.

Er saß auf der rostigen Schaukel im Schulhof und wartete auf ihre Reaktion. Es hatte bereits zum Ende der Pause geläutet, und die anderen Kinder eilten zurück in ihre Klassenräume.

Mrs Mayfield zeigte sich für einen Moment sprachlos, doch dann fand sie zurück zu ihrem Lächeln, das Carl bald schon vermissen würde.

»Du schaust zu viel fern«, sagte sie und klang doch ein wenig beunruhigt. Mrs Mayfield verstand nicht. Das hatte er befürchtet. »Komm, die Pause ist vorbei.«

Ein siebenjähriger Junge wie Carl machte ihr keine Angst. Aber er hatte auch gar nicht versucht, sie zu ängstigen. Er wollte sie retten. Er hatte es schon beim Aufstehen gespürt, eine zarte Ahnung, die im Laufe des Morgens immer deutlicher in ihm reifte und Gestalt annahm. Es tat ihm so leid um Mrs Mayfield, die am Ende jeder Stunde immer eine Geschichte vorlas und dabei ihre Stimme so einzigartig zu verstellen wusste.

Und natürlich auch um seine Eltern.

Carl saß auf dem Rücksitz und musste sich immer wieder zur Seite neigen, um zwischen seinem Vater und seiner Mutter hindurch die Straße zu erkennen. Noch zwei Ampeln!

Er hatte seine Eltern gewarnt, hatte ihnen von Mrs Mayfield erzählt. Aber sie hatten ihm überhaupt nicht zugehört.

»Warum biegen wir heute nicht mal links ab?«

Seine Mutter beugte sich zurück und strich ihm über den Kopf. Carl hasste es, wenn sie das tat, aber in diesem Augenblick schloss er die Augen und atmete ihre Nähe ein. Der Geruch ihres Lilienparfüms stieg ihm süß in die Nase.

»Im Ernst. Ich will, dass wir hier abbiegen. Bitte!«

»Gib endlich Ruhe!« Sein Vater beschleunigte den Wagen, die Kreuzung kam näher.

»Aber ich will nicht, dass Mrs Mayfield sterben muss.«

»Jeder stirbt irgendwann«, sagte seine Mutter. »So ist das nun mal.«

Nur noch eine Ampel …

»Mach dir keine Sorgen. Niemandem wird etwas passieren.«

Vielleicht hatte er sich doch geirrt.

Sein Vater warf ihm über den Rückspiegel einen nachdenklichen Blick zu, und Carl erkannte das schattenhafte Abbild neben ihm, das regungslos weiter nach vorn starrte, auf den nassen Asphalt vor ihnen.

Er hatte sich nicht geirrt.

»Nein!«, kreischte er.

Die Ampel sprang auf Rot.

Carl schlug die Hände vors Gesicht.

Etwas wurde über die Windschutzscheibe geschleudert, seine Mutter schrie, der Wagen riss zur Seite aus,

Scheinwerfer blendeten, eine Hauswand raste auf sie zu …

Dann kam die Stille.

Mrs Mayfield starb unmittelbar an der Unfallstelle, seine Mutter überlebte die Nacht, sein Vater noch zwei Tage im Koma.

Das Gefühl der Ohnmacht beraubte Carl aller Tränen. Erst Monate später, in den letzten Tagen vor Weihnachten, als die Straßen mit Kränzen und Lichtern geschmückt waren und erfüllt vom lebendigen Treiben der Ahnungslosen, brach er zusammen.

Seine Tante Olivia fuhr ihn ins BC Children's Hospital nach Vancouver, wo glattrasierte Ärzte in hellen Kitteln seine psychologische Betreuung übernahmen. »Die werden dir helfen«, hatte Tante Olivia gesagt und ihn dort zurückgelassen.

Aber Carl wusste, dass niemand ihm helfen konnte, weil niemand ihm glaubte. Der Tod war ein Tabu, über das die Erwachsenen nicht gerne sprachen, das hatte er begriffen. Sie fühlten den Tod nicht, wenn er sich ihnen näherte; sie waren nicht wie er.

Monat um Monat streifte er rastlos durch die kühlen Flure des Hospitals, und sein Schweigen dauerte an.

Doch die eigenartigen Schatten wurden dadurch nicht weniger, nur jünger. Er sah sie – und sie sahen ihn. Kinder in seinem Alter, an Schläuche und blinkende Geräte angeschlossen, mit kahlen Schädeln und traurigen Blicken.

Und er sah, wie sie für immer gingen.

Jahre später war Bakerman auf den seltsamen Einzelgänger aufmerksam geworden. Er allein hatte sich für Carls Geschichte interessiert. Und ihm geglaubt.

Seit über vierzig Jahren arbeitete Carl Abrahams nun für den unscheinbaren Mann mit der Glatze, stolz, der kanadischen Regierung dienen zu dürfen, doch selbst seinen engsten Freunden gegenüber zu absoluter Verschwiegenheit verpflichtet. Nur ein einziges Mal hatte er angesetzt, seiner Frau Martha von den ungewöhnlichen Dingen zu erzählen, die er im Namen der Kommission zu untersuchen hatte, und von den Erkenntnissen, die niemals an die Öffentlichkeit gelangen durften.

Aber Martha hatte nichts davon hören wollen.

»Du willst einfach keine Kinder mit mir haben. Das ist es doch!«, hatte sie gesagt.

Allein die Vorstellung, das Sterben seiner eigenen Kinder vorauszuahnen und nicht verhindern zu können, war für ihn nicht zu ertragen.

»Du willst keine. Mit mir.«

Er hatte den Schmerz in ihrer Stimme kaum ausgehalten.

»Nein.«

In jener Märznacht hatte Carl ihre Hoffnung auf Familie getötet und damit auch ihre Liebe. Am nächsten Morgen war er wie immer zur Arbeit gefahren, und sie hatten nie wieder ein Wort darüber verloren.

Als sich die automatische Eingangstür des Krankenhauses öffnete, wehte kühle Abendluft in den Empfangsbereich. Auf dem kleinen Fernseher neben der Telefonanlage lief die Zusammenfassung vom Spiel der Lions. Der Pförtner des BC Children's Hospitals blickte Carl Abrahams nicht nach, als dieser zielstrebig an ihm vorbei zu den Fahrstühlen ging.

Die vertrauten Sitzecken waren verwaist, die Türen zu den Fluren geschlossen. Carl verspürte ein unangenehmes Ziehen in der Magengegend. Dieses Gebäude war vor langer Zeit sein Zuhause gewesen. Vermutlich hatte Bakerman ihn eben daher für diesen Auftrag ausgewählt: Carl kannte sich hier aus.

Auf dem frisch gereinigten Fußboden lag eine zerknitterte Glückwunschkarte. Carl hob sie auf und ließ sie geistesabwesend in die Tasche seines Mantels gleiten. Dann drückte er den silbernen Pfeil neben der Aufzugtür.

Eine stechende Kälte befiel seine Fingerkuppen, so als würde sich eine klamme, unsichtbare Hand über die seine schieben.

Nicht schon wieder …

Die Türen glitten auf.

Aus dem Glas der verspiegelten Rückwand starrte ihn ein verschwommenes Augenpaar an. Der Mann stand nur wenige Meter hinter ihm, der Mantel durchnässt und um das Revers geschlungen der Stängel einer Seerose, deren Blüte sich halb geschlossen hatte. Er nickte stumm.

Carl erwiderte den Gruß nicht. Als er den Fahrstuhl betrat und sich umdrehte, war der Fremde verschwunden.

In den Scheiben des Schwesternzimmers auf der Intensivstation brach sich das kühle Licht der Deckenbeleuchtung. Nur ab und an blickte die diensthabende Nachtschwester auf den einzigen Überwachungsmonitor, der nicht die Kinderbetten zeigte, sondern den Eingangsbereich. Weder sah sie das nasse Gesicht des Fremden, dessen tiefliegende Augen direkt in die Kamera starrten, noch den zweiten Mann, der sich in diesem Moment aus Richtung der Fahrstühle näherte. Als die Schwester sich von ihrem Kreuzworträtsel löste und nach der Kaffeekanne griff, lagen die Flure der Station still und friedlich da. Und alle Kinder schliefen.

Mit dem Geruch der Station kehrten die Erinnerungen zurück. Er war das Kind mit den toten Eltern gewesen. Das Kind, das glaubte, andere vor Unheil warnen zu müssen. Man hatte ihm komische Spitznamen gegeben, anfangs im Scherz, später mit Unbehagen. Carl Abrahams hatte nichts davon vergessen.

Seine rechte Schuhspitze berührte die Wasserlache, die sich unter einer nur angelehnten Tür gesammelt hatte. Eine Welle der Beklemmung durchströmte seine Brust, machte ihm das Schlucken schwer. So fing es immer an ...

Durch das Sichtfenster erkannte er einen abgemagerten Jungen, dessen Arm mit einem Tropf verbunden war. Der gleichmäßige Takt des EKGs zog leuchtende Bahnen über den Monitor neben dem Krankenbett.

Carl spürte, wie sich sein Geist zu öffnen begann, wie er, ohne es zu wollen, dem Schicksal des Jungen näherkam. Eine Pforte und dahinter ein enger Schacht, von dessen Grund er angestrengte Atemzüge vernahm, wie unter einem alten Kissen erstickt. Carl schloss für einen Moment die Augen, zwang sich zur Konzentration, aber es gab für ihn keinen Ausweg.

Er sah den zweiten Jungen auf dem Bettrand sitzen, die Beine steif und blass. Hinter der Atemmaske blinzelten glasige Augen. Es war dasselbe Gesicht, dasselbe Kind, und doch nur ein Abbild der bevorstehenden Zukunft, unstet zwar, aber kalt und unaufhaltsam.

Carl Abrahams wusste, er durfte dem anderen Jungen nicht zu nahe kommen. Bakerman hatte ihn oft genug gewarnt. »Wenn man zu lange in den Abgrund blickt, dann blickt der Abgrund irgendwann zurück.« Er konnte sich nicht mehr erinnern, wen sein Auftraggeber mit diesen Worten zitiert hatte, irgendeinen deutschen Philosophen, aber die Bedeutung hatte sich in sein Gedächtnis gebrannt.

Der Abgrund ...

Und Kinder. Immer wieder Kinder.

Zerbrechliche Geschöpfe mit warmen Körpern und hilflosen Blicken, umgeben von dieser erstickenden Aura aus Bedürftigkeit und Reinheit. Seine strikte Weigerung, Kinder zu haben, hatte ihre Ehe auf eine harte Probe gestellt. Aber Carl wollte nicht. Er konnte nicht. Kinder machten ihm Angst.

Und nun der Auftrag! Wie viele waren in den vergangenen Monaten tatsächlich aus Vancouver verschwunden, und wer wusste davon? Kinder ohne Familien, todkrank, verloren, vergessen. Die Kommission ermittelte, doch bislang ohne Erfolg.

Der Junge schlief weiter ahnungslos in seinen sauberen Laken. Das unnatürliche Abbild war fort. Carl Abrahams fuhr sich mit der Zunge über die spröden Lippen. Auf dem Nachttisch stand eine Vase aus cremefarbener Keramik. Die weißen Lilienblüten verströmten ihren Duft bis hinaus auf den Gang. Vom herabgerieselten Blütenstaub hatte sich das Nachthemd des Jungen an zwei Stellen in feines Rostrot verfärbt. Lilien, so hatte damals alles begonnen.

Für einen Moment erwachte in Carl der Wunsch, dem Schrecken eigenhändig ein Ende zu setzen. Er würde Schmerzen verhindern und Verzweiflung. Er könnte den Jungen mit sich nehmen, ihn von hier fortbringen, raus aus dem Krankenbett, raus aus der Stadt. Er könnte versuchen, ihn zu beschützen und zu retten, vor den Fängen des Wahnsinns, die verborgen im Dunkel auf ihn lauerten.

Aber Carl Abrahams wusste, dass sie einen ausweglosen Kampf kämpfen würden. Bakerman wusste es. Sie alle wussten es. Selbst diejenigen dort draußen auf den Straßen, die ihre Augen noch vor der Wahrheit verschlossen hielten.

Er stützte sich an der Wand ab und musterte sein Spiegelbild im Türfenster, sein eigenes graues Gesicht.

Dann wandte es sich von ihm ab.

Ungläubig starrte Carl auf seinen eigenen Hinterkopf. Ein Wispern kroch über die Wände der Intensivstation, formte unverständliche Laute in seinem Geist, die er nicht verstehen wollte. Nach Luft ringend stieß er sich von der Tür weg. Was geschah mit ihm? So stark hatte er es nie zuvor empfunden.

Das EKG-Gerät gab einen kurzen Warnton von sich, und die neongrünen Ausschläge sackten für einen Moment abwärts.

Von hinten legte sich eine Hand auf seine Schulter. »Wir sind hier nicht sicher.«

Der Arzt war kaum älter als dreißig. Carl fiel auf, dass er zwei Stethoskope um seinen Hals trug.

Er folgte ihm zu den schneeweiß gekachelten Waschräumen. Über dem Rand eines Mülleimers hing ein einzelner Gummihandschuh.

Der Mann legte einen Finger an die Lippen und kontrollierte die Toilettentüren, eine nach der anderen.

»Bakerman hat Sie geschickt?«

»Das hat er.«

Das kalte Wasser spritzte aus dem Waschbecken, als der Arzt seine Hände unter den Strahl hielt.

»Also? Was wissen Sie über die verschwundenen Kinder?«, fragte Carl.

»Die Kinder sterben, Mr Abrahams.«

»Das tut mir sehr leid. Aber wir sind keine Mediziner. Wir sind –«

»Sie verstehen nicht!«

Der Mann drehte den Wasserhahn zu und griff nach einem Papierhandtuch. Immer wieder huschte sein Blick nervös zur Überwachungskamera über der Tür, die wie ein lauerndes Insekt an der Decke kauerte.

»Sie sterben nicht, weil ihre Zeit gekommen ist.« Das zerknüllte Papiertuch landete neben dem Mülleimer. »Sondern weil *etwas* sie holt!«

»*Etwas?* Wegen *etwas* bin ich nicht hergekommen.« Carl fühlte die Anspannung. »Entweder Sie vertrauen uns oder dieses Gespräch ist beendet.«

Der Arzt holte eine halbzerdrückte Zigarettenschachtel aus einer der weiten Taschen seines Kittels. »Keine Sorge, der Feuermelder ist defekt.« Seine Hand zitterte, als der Baumwolldocht des Benzinfeuerzeugs aufloderte.

»Ich muss Ihnen ja nicht erzählen, wie ungesund die Dinger sind«, lächelte er gezwungen und nahm einen langen Zug. »Aber ich liebe den Rauch und den Geruch. Und zu beobachten, wie die Asche abfällt, wenn man zu lange wartet. Wussten Sie, dass Nikotin den Blutdruck erhöht? Und den Adrenalinausstoß!«

Carl schaute auf die Uhr.

Für einen Moment war nur das leise Tropfen des Wasserhahns zu hören.

»Ich rauche sozusagen meinen eigenen Thriller.«

»Kommen Sie endlich zur Sache!« Carl Abrahams wunderte sich über die offene Ungeduld in seinem Tonfall.

»Es gibt einen Park, keine zwei Blocks von hier. Treffen Sie mich dort in einer halben Stunde.«

Die Pforten des VanDusen Botanical Garden waren geschlossen, die sorgsam gepflegten Pfade zwischen Hecken und Büschen verlassen.

Von Ferne drangen die Geräusche des nächtlichen Vancouvers über den See, als der Fremde hinter den Zweigen eines Rhododendronbusches beobachtete, wie Carl Abrahams den glühenden Zigarettenstummel auf die Wasseroberfläche schnippte.

Kreisförmige Wellenlinien breiteten sich aus und ließen das Mondlicht darauf erzittern.

Carl …

Die Stimme wurde vom Wind getragen, den er nicht auf seiner Haut spürte, begleitet von einer Brise, die seine bleichen Haare nicht ergriff.

Carl …

Als Carl Abrahams ihn erblickte, drehte sich der Fremde weg und tauchte zurück in den Schatten der erstarrten Nacht. Bald schon würden sie vereint sein. So waren die Regeln.

Mit raschen Schritten überbrückte Carl die Entfernung vom Seeufer zu den nahen Rhododendren. »He, bleiben Sie stehen!«

Der Mann war verschwunden.

Stattdessen erhob sich vor ihm eine mannshohe Engelsskulptur, deren Hals von mattgrünem Moos befallen war. Zu Füßen des Engels schlief auf einer Parkbank ein mit Zeitungen bedeckter Mann. Die gekrümmten Finger deuteten auf ein fortgeschrittenes Stadium von Arthrose hin. Das bärtige Gesicht war bedeckt mit Tätowierungen, die Abrahams an das Karomuster auf der Kochschürze seiner Frau erinnerten.

Martha …

Er hatte ihr eine Reise nach Indien versprochen, vor vielen Jahren. Er hatte ihr so viele Dinge versprochen: ein Leben ohne Enttäuschungen, Sicherheit … Liebe.

Doch wer wollte schon die Wahrheit? Wer wollte seine Wahrheit?

Er wischte sich mit dem schweißnassen Handrücken über Stirn und Augenbrauen.

Carl …

Der Obdachlose rührte sich nicht.

Carl …

Diese Stimme.

Er kannte sie von irgendwoher, er setzte ihr nach. Folgte ihrem Ruf. Doch wann immer Carl Abrahams versuchte, sich den undeutlichen Konturen des davoneilenden Mannes zu nähern oder dem Fliehenden gar den Weg abzuschneiden, verschwand der Fremde hinter einem steinernen Brunnen, hinter den Stämmen hoher Erlen und im letzten Moment in der Einsamkeit der Parkanlage.

Unverhofft fand sich Carl schließlich am vereinbarten Treffpunkt am Seeufer wieder.

Die Geräusche der Autos waren nicht länger zu hören. Kein Wind in den Blättern, kein Kräuseln auf der zum Spiegel erstarrten Wasseroberfläche. Schwer atmend beugte er sich hinunter und benetzte Wangen und Augen.

Sie sterben nicht, weil ihre Zeit gekommen ist – sondern weil etwas sie holt!, schmerzten die Worte in seinen Gedanken.

Die unklare Andeutung des Arztes gewann in seinem Geist an Kontur, formte sich zu einem Bild, das nur er begreifen konnte. »Etwas holt sie«, wiederholte er leise und starrte in das schwarze Wasser. Der Stängel einer Seerose verschwand in der Tiefe wie die Nabelschnur eines ungeborenen Kindes.

Da ist der dumpfe Aufprall, als der Wagen seine Lehrerin erfasst.

Da ist der Schrei seiner Mutter, der so abrupt versiegt.

Und da ist der Geschmack von Blut auf seinen Lippen, das Blut seines Vaters, das durch den Fahrersitz dringt.

»Nicht sterben«, fleht Carl, immer und immer wieder.

Bitte … nicht sterben …

Der eigene Tod bleibt für die Menschen ein Tabu. Er findet nicht statt bis zum Augenblick seiner Unausweichlichkeit. Carl Abrahams bildete in dieser Hinsicht keine Ausnahme. Obgleich er seit seiner Kindheit für das letzte Schicksal anderer empfänglich gewesen war, hatte er bis zu diesem Moment nicht begreifen wollen, hatte seinen eigenen Tod nicht erkannt.

Aus den Abgründen des Sees blickte der Fremde zu ihm empor. Zu sich empor.

Carl …

Bald sind wir eins …

Sein beigefarbener Mantel mit dem Stehkragen schwamm bis zur Hüfte im Wasser, seine Haare waren verschwitzt, und von seinem Gesicht perlten die Tropfen des Sees.

Carl …

Seine eigene Stimme.

Der Geruch alten Leders legte sich über ihn, formlose Schwingen, uralt und aus Vergängnis gewoben, umspannten das verlassene Parkareal mit ihrem rauschenden Atem.

Bakermans treuester Mitarbeiter kam nicht mehr dazu, sich von der Böschung zu erheben oder sich umzudrehen.

Etwas Fleischiges bohrte sich in ihn, wie eine Zunge, rau und suchend. Warm lief es ihm aus den Ohrmuscheln und über den Hals, während in seinem Innern die noch pulsierenden Adern von Kälte durchflutet wurden.

Bevor er ins Wasser stürzte, öffnete sich die Haut unter seinen Schulterblättern, und fast lautlos sprangen die Rückenwirbel aus ihren Verankerungen.

Die unmenschliche Kraft, die das Rückgrat beinahe zärtlich vom sterbenden Körper trennte, verblasste hinter der Erkenntnis, dass er nie wieder atmen würde. Nie wieder blinzeln, nie wieder Marthas Umarmung vor dem Einschlafen spüren oder den Geschmack von Marmelade auf warmem Brot schmecken …

Unzählige Male hatte Carl Abrahams den Tod anderer Menschen vorausgesehen, hatte sie gewarnt, hatte zu helfen versucht. Und im Laufe der Jahre hatte er sich eingeredet, dass das Sterben um ihn herum einfach zum Leben gehöre, dass es Bestandteil und Maßstab aller menschlichen Werte und Hoffnungen sei.

Aber in diesem Augenblick, als der See über ihm zusammenbrach und er sich mit seiner eigenen dort auf ihn wartenden Vorhersehung vereinte, da begriff Carl voller Entsetzen: Der Tod war keine Erlösung, kein Entrinnen, kein Neuanfang.

Der Tod war nur Eis und Staub und Leere.

1

Steven Burns lenkte das Taxi durch die regennassen Straßen der Stadt. Auf dem glänzenden Asphalt verschmolz das Licht der Scheinwerfer mit dem der Straßenlaternen, und immer wieder glitt Stevens Blick in den Rückspiegel. Seit Stunden hatte er keinen Fahrgast mehr mitgenommen.

Er ließ die Georgia Street hinter sich zurück und mit ihr die verspiegelten Häuserfassaden der Shopping Malls und Finanzgebäude.

Seine Fahrt führte ihn durch den Stanley Park, einer über vierhundert Hektar großen Waldfläche inmitten der Großstadt. An warmen Sommertagen kamen sie alle hierher auf der Suche nach Zerstreuung und Erholung: Radfahrer, Spaziergänger, Jogger, Touristen.

Aber jetzt war es Nacht und Herbst.

Im Lichtkegel der Frontscheinwerfer huschten Bäume und Wegweiser an ihm vorbei, undeutlich verzerrt wie Phantasiegebilde.

Keine Menschenseele war zu sehen.

Kein Wagen.

Niemand.

Vancouver ... Steven Burns kannte die Stadt, war er doch hier aufgewachsen. Sie bedeutete für ihn sowohl Zuflucht als auch Gefängnis; hier fühlte er sich sicher und zugleich auf verstörende Weise als Aussätziger. Eingeschlossen zwischen Ozean und Bergketten kauerte die Vergangenheit in verdrängten Straßenzügen und Orten und schlug ihm ins Gesicht, immer dann, wenn er es am wenigsten erwartete.

Die Botschaft aus einem Glückskeks hing mit Klebeband befestigt über dem Tachometer: *Nicht jeder Ratschlag hat Hand und Fuß.*

Steven schmunzelte gequält und drückte das Gaspedal durch. Das Taxi beschleunigte, bis gegen den nachtschwarzen Himmel die gewaltigen Umrisse der Lions Gate Bridge vor ihm auftauchten und dahinter, weit im Norden, die Ausläufer der North Shore Mountains.

Die Brücke spannte sich eine Meile weit über das Wasser. Die sonst so goldhellen Lichter entlang der mächtigen Stahlkonstruktion verloren sich matt im dichten Nebel, der vom Meer her aufzog.

Steven brachte den Wagen mitten auf der Fahrbahn zum Stehen und stieg aus, während der Motor in gleichmäßigem Takt dumpf weiterlief. Die Nachtluft schmeckte salzig auf seinen Lippen.

Alle drei Fahrspuren waren verlassen.

Er war allein.

Nicht einmal die Geräusche der Fähren drangen mehr zu ihm durch. Im Osten glaubte er durch den Dunst schwach ein rötliches Leuchten zu erkennen, den Anbruch eines neuen Tages vielleicht, oder doch nur eine Neonreklame, die ihre Botschaft ziellos in die entvölkerte Nacht hinaussandte.

Steven lehnte sich gegen die heiße Motorhaube und griff in seine Jackentasche.

Daniel.

Das Foto zeigte Steven und seinen kleinen Bruder. Vor vierundzwanzig Jahren. Die feuchte Luft schlug sich auf dem verblichenen Polaroid nieder, und als

Steven mit dem Finger über die strohblonden Haare seines Bruders strich, verschwammen die Umrisse des Gesichts zu einem hellen Fleck.

»Burns? Hey, Burns? Sind Sie noch da draußen?«

Die Stimme von Mr Popescu tönte blechern aus der geöffneten Fahrertür.

Steven setzte sich hinter das Steuer und schloss die Augen. Der Geruch der abgenutzten Sitzpolster überlagerte selbst die Abgase des Auspuffs.

»Burns?«

Seine Hand tastete über das Armaturenbrett, bis sie schließlich den Schalter für das Mikrofon fand.

»Was gibt's?«

Es hörte sich an, als hätte er seit Tagen nicht mehr gesprochen.

»Hey, Burns. Machen Sie endlich Schluss. Ihre Schicht ist schon lange vorbei.«

»Schon gut.«

Der Nebel drang in den Wagen, umfing ihn wie ein Laken aus Tränen, die vom Wasser her aufstiegen.

Steven lauschte hinein in die Dunkelheit.

Da waren Stimmen.

Etwas flüsterte seinen Namen.

Leise, aber eindringlich. Immer und immer wieder ... Dann vergingen die Rufe in der Ferne.

Ich träume, dachte er, *wie kann das sein ...*, während er langsam hinüberglitt in einen unruhigen Schlaf und in weitere Träume versank, in denen er allein durch Vancouvers Straßen fuhr und schließlich auf der Brücke ausstieg, ohne den Motor auszuschalten, und sich immer wieder die Frage stellte, ob er noch immer träumte, ob er noch lebte, während sich die Welt veränderte und er einschlief und träumte und plötzlich die Augen aufschlug – und sich in seiner Küche wiederfand, in der kargen Zwei-Zimmer-Wohnung in der Nähe des Kingsway.

Der milchige Dunst vom Fluss her hatte ihn bis nach Hause begleitet, hatte sich in heißen Dampf verwandelt, der dem Kochtopf entstieg und sich wie Zuckerwatte unter der Decke sammelte.

»Daniel?«

Ein würziger Geruch durchströmte den Raum, ein Duft, den Steven aus den wenigen unbekümmerten Tagen ihrer Kindheit kannte, als ihre Mutter noch für sie beide gekocht hatte.

»Daniel!«

Der Junge am Herd lächelte. Er stand auf zwei aufeinandergestapelten Bierkisten und rührte mit einem Messinglöffel in der brodelnden Fleischbrühe.

Er war keinen Tag gealtert.

»Ich habe heute Geburtstag, Steven.«

Die halbgeschlossenen Rollläden warfen das gestreifte Licht der aufgehenden Morgensonne über das traurige Lächeln seines vierjährigen Bruders.

»Geburtstag? Aber …«

»Aber mir ist nicht mehr nach feiern.«

»Warum nicht?« Steven spürte die Verzweiflung in seinem Hals brennen. »Wir könnten in den Zoo gehen. Oder an den Strand.«

Er musste an verlorene Tage denken, als sie noch ein Zimmer geteilt hatten. Steven war sechs Jahre älter und hatte Daniel versprechen müssen, bis zum Einschlafen die kleine Tischlampe brennen zu lassen. So hatte Steven Nacht für Nacht wach gelegen, geduldig darauf wartend, dass der Atem seines Bruders ruhig und gleichmäßig wurde und er endlich das Licht ausschalten konnte.

»Ich kann nicht mitkommen«, sagte Daniel leise,

ohne von den sanften Kreisbewegungen des Löffels aufzublicken. »Ich muss gehen.«

Stevens Kehle wurde trocken. »Daniel, bitte … nicht!«

Schon verblasste der Körper vor der dunstgeschwängerten Küchenzeile und hinterließ nur das Echo vergangener Worte.

Worte, die Steven Burns zuletzt vor vierundzwanzig Jahren vernommen hatte …

»Nein«, hauchte er, doch zu schwach, um gehört zu werden.

Er streckte sich nach den Bierkisten, auf denen sein Bruder eben noch gestanden hatte, aber sie waren fort.

Stattdessen fand er Halt am gesplitterten Holz der bemalten Truhe im Garten seiner Eltern. Der aufgeweichte Rasen schmatzte gierig unter seinem Gewicht. Er zog sich an ihr hoch, erfüllt von der elenden Hoffnung, Daniel endlich wiederzusehen. Um ihm zu sagen, wie leid es ihm tat. Um ihn ein letztes Mal in die Arme zu schließen.

Plötzlich traf ihn etwas im Gesicht.

Ein Finger.

Er spürte, wie sich ein dünner, bleicher Arm um seinen Hals legte.

Dann schossen Dutzende Kinderhände aus der feuchten Erde. Sie zerrten an ihm, sie bohrten sich in seine Augen, krallten sich in seinen Mund, der zu einem weiten Schrei geöffnet war, zogen ihn tiefer und tiefer hinein in die bodenlose Finsternis, auf der verzweifelten Suche nach Leben und Errettung.

»Nein!!!«

Mit fieberhaftem Entsetzen fuhr Steven Burns aus dem Schlaf, begleitet vom Klingeln des Telefons im Flur.

Nein. Nein. Nein …

»Nur ein Traum«, stammelte er, ohne den Schmerz aus seinem Innersten verbannen zu können.

Es war einer dieser Träume gewesen, die zu zählen er aufgehört hatte. Sie kamen und gingen, geboren aus Schuld und Trauer. Seit über vierundzwanzig Jahren.

Das Klingeln verstummte, und der Anrufbeantworter schaltete sich ein.

»Hey, Stevie, hier ist Sonny Heseltine, dein Verleger. Gute Nachrichten: Vancouver ist dem Untergang geweiht – und …« Sonnys Lachen hallte polternd durch den Flur. »… und wir schreiben ein Buch darüber! Also schwing deinen ranzigen Hintern aus den Federn, bevor er noch mehr Falten bekommt.«

Stöhnend richtete sich Steven auf und griff nach der Wasserflasche neben dem Bett. Hinter den zugezogenen Vorhängen lärmte der Nachmittagsverkehr der lebendigen Stadt.

In der Küche kochte er sich einen Kaffee. Die Reste seines chinesischen Take-aways vom Vorabend lagen noch auf dem Tisch. Er ließ alles im Mülleimer verschwinden und schleppte sich zurück ins Schlafzimmer.

Aus dem Wandspiegel starrte ihn das unrasierte Gesicht eines Mannes an, der einst gehofft hatte, mit vierunddreißig Jahren sein Leben im Griff zu haben.

Noch immer klang der Widerhall des Traumes in seinem Geist nach …

»Happy Birthday«, riefen alle im Chor.

»Was ist da in der Kiste?«, fragte Daniel neugierig,

doch auch ein wenig besorgt, denn die Kiste war groß und schwer und bedrohlich.

Es war Daniels vierter Geburtstag, und zur Feier des Tages gab Steven im Garten ihrer Eltern eine Zaubervorstellung.

Er spielte den Zauberer mit dem roten Umhang und dem Plastikstab, an dessen Ende eine silberne Kugel aus zusammengepresster Alu-Folie steckte.

Er schloss die Kiste mit dem doppelten Boden über seinem Bruder und las begeistert den Zauberspruch vor, den er in dem Kinderbuch mit dem abgenutzten Einband gefunden hatte.

»Ich hab Angst!«, flüsterte Daniel.

Steven hatte das vorher gewusst.

Aber Steven lachte nur.

So wie die anderen Kinder im Garten.

Wie konnte er auch ahnen, dass es der letzte Augenblick im Leben von Daniel Burns sein würde, in dem er das Licht der Sonne auf seiner Haut zu spüren bekam.

Als Steven den Deckel wieder öffnete, war die Truhe leer.

Und Daniel verschwunden.

Für immer.

Steven Burns wandte sich vom Spiegel ab und setzte sich aufs Bett. Der Kaffee schmeckte bitter.

Es war Dienstag.

Die Digitalanzeige des Weckers zeigte 3:48 p.m.

Steven Burns ahnte nicht, dass in eben dieser unscheinbaren Zwei-Zimmer-Wohnung in der Nähe des Kingsway, in eben diesem Zimmer, schon bald das Todesurteil über einen Menschen gefällt werden würde.

In weniger als sechsunddreißig Stunden.

2

Die Robson Street war eine der beliebtesten Straßen Vancouvers und bot vor allem Touristen ein breites Spektrum an Einkaufsmöglichkeiten, von exklusiven Juwelierläden über japanische Fast-Food-Ketten bis hin zu winzigen Shops, die sich auf Elvis-Hologramme spezialisiert hatten.

Der Kochbuch-Verlag von Sonny Heseltine war im fünften Stock eines Geschäftsgebäudes untergebracht. Neben der Drehtür des Haupteingangs verkaufte ein blinder Mann Schlüsselanhänger, die er in einem Bauchladen vor sich hertrug.

Steven verharrte kurz vor dem Gebäude, wie er es immer tat, wenn er seinen Verleger aufsuchte.

Er hatte Sonny Heseltine vor Jahren über dessen Tochter Jana kennengelernt. Er und Jana waren sich beim Tauchen vor Nanaimo an der Küste Vancouver Islands begegnet, wo sie inmitten von Korallenbänken das untergegangene Wrack des Marinezerstörers HMCS Saskatchewan erkundet hatten.

An ihrem ersten gemeinsamen Abend hatte er sich der Illusion hingegeben, sie könnten glücklich miteinander werden. Janas unbeschwertes Lachen, das Leuchten in ihren Augen, ihre Stärke und das unerwartete Vertrauen in seine Begabung als Schriftsteller hatten Stevens Entschluss erschüttert, sich auf keine Beziehung einzulassen. Für eine Weile hatte er gespürt, wie innerer

Frieden sich anfühlen könnte. Wieso er sich im Laufe der Monate dennoch immer weiter von Jana entfernt hatte, war mit Vernunft und Logik nicht zu erklären.

Wie schon zuvor bei seiner ersten großen Liebe aus vergangenen Studientagen hatte Steven auch diese Beziehung nicht aufrechterhalten können. Damals hatte er Kim sitzenlassen und war geflüchtet. Der Gedanke war unerträglich, dass sich wiederholen könnte, was vor vierundzwanzig Jahren im Garten seiner Eltern geschehen war.

Vorausgesetzt, dass es wirklich geschehen war und er nicht schlichtweg den Verstand verloren hatte. Dabei schien das die einfachste Erklärung zu sein. Ein verdrängtes Kindheitstrauma oder dauerhafte Wahnvorstellungen aufgrund fehlender Enzyme im Organismus, solche Dinge geschahen, wenn auch zumeist anderen und nicht einem selbst.

Steven betrat das Foyer des Verlagsgebäudes durch die gläserne Drehtür. Wie jedes Mal, wenn er die eingetopften Palmen erblickte, die den Rundbogen vor den Fahrstühlen säumten, kehrte die Erinnerung an sein letztes Gespräch mit Jana Heseltine zurück. Hier hatte er auf sie gewartet, um sie abzuholen und ihr die Wahrheit zu erzählen.

Jana war die zunehmende Distanz der letzten Wochen nicht entgangen, ebenso wenig wie sein fortwährendes Schweigen. Als sich ihre Blicke im Foyer trafen, verwarf Steven seinen Entschluss und wich ihrer Umarmung aus.

»Liebst du mich überhaupt noch?«, hatte sie ihn geradeheraus gefragt und sich dabei mit ausdrucksloser Miene eine Haarsträhne aus der Stirn gestrichen.

»Nein«, hatte er gelogen. Zu ihrem Schutz, wie er damals dachte.

Und so hatte es geendet.

Steven atmete erleichtert durch, als sich die Fahrstuhltüren zum fünften Stock öffneten.

Seine Beziehung zum Vater hatte die zur Tochter überdauert. Mittlerweile veröffentlichte Steven in regelmäßigen Abständen mit ebenso regelmäßigem Misserfolg unheimliche Geschichten über einen Bibliothekar und Katzenliebhaber, der gegen Geister kämpfte. Sonny hatte es anfangs als Freundschaftsdienst angesehen, später trotz der mäßigen Verkaufszahlen als eine Gelegenheit, den Namen des Verlages in weiteren Genres zu etablieren. Was jedoch nicht dazu führte, dass er den Betrag auf Stevens Scheck erhöhte. So waren Stevens Nachtschichten mit dem Taxi ein notwendiges Übel, um die Rechnungen bezahlen zu können.

Sonnys Büro lag am Ende des Flurs. Davor, an einem schmalen Schreibtisch, erwartete ihn Rosalyn, seine Sekretärin.

»Er wird bereits ungeduldig, Steven«, begrüßte sie ihn und tippte dabei mit ihrem Kugelschreiber auf ein leeres Blatt Papier.

»Ich hoffe, er will mich nicht wieder überreden, Liebesromane zu schreiben, die auf Überseedampfern spielen.«

»Liebe verkauft sich gut«, erwiderte Rosalyn ernst.

»Käufliche Liebe, hm?«, grinste Steven, und sie errötete. Soweit bekannt, war Rosalyn nicht liiert, und niemand im Verlag wusste, wer der geheimnisvolle Mann auf dem Foto war, das seit drei Jahren über ihrem Computerbildschirm haftete. Steven hatte einmal den Verdacht geäußert, sie hätte das Bild aus einem Katalog ausgeschnitten. Es hatte ihn drei große Blumensträuße gekostet, bis Sonnys Sekretärin wieder mit ihm redete.

»Keine Sorge«, flüsterte Rosalyn, und Steven beugte sich verschwörerisch zu ihr hinunter. »Er hat heute dieses Zeichen in seinem Blick.«

»Ein Zeichen?« Steven runzelte die Stirn. »Was denn für ein Zeichen?«

Die Sekretärin ließ den Kugelschreiber mit hochgezogener Augenbraue über das Blatt gleiten.

»Ah, ein Dollarzeichen!«

»Nur ungewöhnlich, dass er dabei an *Sie* denkt, oder?!« Steven erwiderte ihr Grinsen. »Es ist wie immer ein Vergnügen, mit Ihnen zu plaudern, aber wir wollen den großen Imperator mal nicht länger warten lassen.«

Die Tür zu Sonnys Büro war nur angelehnt. Steven klopfte und trat ein. Sein Freund und Verleger bedeutete ihm mit ausschweifender Geste, Platz zu nehmen, solange er weitertelefonierte.

»... nein, *Sie* verstehen nicht ...«

Die Antwort aus dem Hörer klang zornig, und Sonny Heseltine verdrehte gelangweilt die Augen. Der untersetzte Mann mit den schulterlangen Locken wirkte eher wie ein Freigeist und Winzer denn wie ein Unternehmensleiter.

Sonny schob einen Teller mit goldbraun gebratenen Hähnchenkeulen über die ohnehin schon zerkratzte Tischplatte und beendete dann das Telefonat, indem er seinen Gesprächspartner ohne Vorwarnung weiterleitete.

»Rib Eye – der einzige Verlag, dessen Bücher schon beim Lesen satt machen«, klang Rosalyns Stimme überfreundlich aus dem Flur.

Die winzigen Lämpchen der Telefonanlage blinkten hektisch weiter. Sonny zuckte mit den Achseln und griff nach einer Hähnchenkeule. »Wackelkontakt. Macht aber 'nen guten Eindruck bei Neukunden.«

»Bevor wir über das nächste Projekt sprechen: Was ist mit den Tantiemen für mein letztes Buch?«

Sonny lachte schallend, dann beförderte er mit dem kleinen Finger seiner linken Hand ein Stück Fleisch aus einem Zahnzwischenraum.

»An das Buch erinnere ich mich, Steve, aber leider nicht daran, dass es Geld eingebracht hätte.«

»Verstehe.«

»Erzähl, wie geht's dir? Du siehst – mäßig blendend aus.«

»Ich schlafe schlecht.«

Sonny faltete die Hände und seufzte auffallend tief, was ihm den Ausdruck eines überarbeiteten Beichtvaters verlieh, dessen Geduld sich dem Ende neigte.

»Stevie, Stevie, Stevie, wie oft muss ich dir noch sagen: Lass dir was verschreiben.«

»Hör zu, Sonny. Hast du einen Job für mich oder spielst du heute den Barmherzigen?«

Der Verleger musterte ihn für einen Moment nachdenklich, dann kehrte das selbstsichere Grinsen in sein Gesicht zurück.

»Also schön.« Sonny Heseltine entfaltete die Zeitung auf dem Tisch. Seine Finger hinterließen fettige Spuren auf dem Papier. »Die Abendausgabe von heute. Ein Freund hat mir einen Vordruck geschickt.«

Das Foto nahm fast die Hälfte der Titelseite ein.

Die Polizei hatte das parkähnliche Gelände um den See abgesperrt. Steven erkannte Polizisten, Mitarbeiter der Spurensicherung und mehrere Schaulustige.

Vancouver zittert vor Fliegenden Schatten!

Bestialischer Mord lässt Polizei im Dunkeln tappen!

Vancouver. Der VanDusen Botanical Garden blieb am heutigen Tag geschlossen, nachdem die Leiche eines Mannes in einem Teich entdeckt worden war.
Laut ersten Informationen seitens der Polizei gibt es einen Augenzeugen. Ein Obdachloser habe beobachtet, wie das Opfer in der vergangenen Nacht von einem geflügelten Wesen überrascht und getötet worden sei. Noch immer konnten nicht alle Leichenteile gefunden werden.
Der Zeuge steht nach Angaben der Polizei unter Schock und wurde zur weiteren Beobachtung in ein Krankenhaus gebracht.
Dies ist bereits das dritte Mal innerhalb einer Woche, dass ein brutaler Mord mit »Fliegenden Schatten« in Verbindung gebracht wird.
Wer oder was sind diese geheimnisvollen Schatten? Gehen die Morde auf das Konto eines Serienkillers? Standen die Augenzeugen unter Drogen- oder Alkoholeinfluss?
Von offizieller Seite gibt es bislang keine eindeutige Stellungnahme.
Zahlreiche Anrufe und Leserbriefe machen deutlich, dass die Bürger Vancouvers sich von den zuständigen Behörden im Stich gelassen fühlen.

– weiter auf Seite 5 –

Steven legte die Zeitung beiseite. »Und?«

»Was und? Drei Tote in einer Woche?! Fliegende Schatten. Panik in Vancouver. Schweigen der Polizei. Da wartet ein Topf voller Gold auf uns am Ende des Regenbogens, Steve.«

»Du willst nicht wirklich, dass ich die absurden Phantasien von Betrunkenen oder irgendwelchen Wichtigtuern zu einem Roman verarbeite, oder?«

»Nein. Keine Phantasien! Wo denkst du hin?« Sonny warf den Hähnchenknochen zurück auf den Teller und leckte sich die Finger. Jetzt konnte auch Steven das Dollarzeichen in den Augen seines Verlegers sehen. »Du schreibst uns die *wahre* Geschichte! Die Geschichte, die von den Behörden verschwiegen wird!«

»Die wahre Geschichte? Ist das dein Ernst?« Steven rieb sich müde die Augen. »*Das* ist dein Topf voller Gold?«

»Ist Sonny Heseltine dafür bekannt, Witze über Geld zu machen?«

»Touché.«

»Also pronto, bevor unser Eisen im Feuer abkühlt! Wenn wir Glück haben, erwischt es bis zur Veröffentlichung noch ein paar arme Burschen.«

Steven Burns warf einen letzten Blick auf die Zeitung. Am Bildrand, nur unscharf von der Kamera eingefangen, stützte sich ein junger Polizist an einen Baumstamm. Der Ausdruck auf dem Gesicht ließ das Grauen nur erahnen, das der Fund im Botanischen Garten in ihm ausgelöst haben musste.

Sonny schnippte einen gelben Post-it-Zettel über den Tisch.

»Ich habe bereits alles, was du brauchst. Hat mich ein Abendessen bei Luton's gekostet. Der Name des letzten Opfers ist – *war* Carl Abrahams. Hier, seine Adresse.«

Steven nahm die Notiz nur zögernd an sich.

»Und was soll ich da?«

»Recherchieren! Was sonst?«

»Ich soll seine Familie aushorchen? Bist du übergeschnappt?«

»Nur seine Witwe.«

Steven schüttelte verständnislos den Kopf. »Sonny, ehrlich, ich bin Autor und kein skrupelloser Sensationsreporter. Ich weiß nicht, ob das ...«

»Aber ich weiß es umso besser!«, fuhr Sonny ihm ins Wort. »Ein treusorgender Ehemann, kurz vor der Rente, schleicht nachts durch eine abgesperrte Parkanlage. Und prompt wird ihm die Wirbelsäule amputiert.«

»Und nichts kann dich mehr von dieser fixen Idee abbringen, stimmt's?«, fragte Steven, obwohl er die Antwort bereits kannte.

Der schwere Lehnstuhl ächzte bedrohlich, als Sonny Heseltine sich zurücklehnte, die Arme hinter dem Kopf verschränkt.

»Wie ich schon sagte, Steve: Wir holen uns den Topf mit dem Gold. Bestimmt gibt es in dieser Stadt Leute, die mehr über Carl Abrahams und seinen Mörder wissen.«

3

Lagerhalle 17C war nur eine von vielen am Hafen, die ein unsicheres Dasein zwischen Abriss und Verpachtung fristeten. Zuletzt hatte eine Spedition aus Seattle die Halle für mehrere Monate gemietet, bis sich bei einer Routineinspektion der Hafenmeisterei herausstellte, dass in den meterhohen Containern keine Lautsprecherboxen aus Taiwan gelagert wurden, sondern chemischer, hochtoxischer Sondermüll. Die Halle wurde geräumt und die Spedition verklagt, auch wenn man zu Recht befürchtete, dass sich das Ein-Mann-Unternehmen längst über die Grenze abgesetzt hatte.

Wenige Tage später hatte ein kleiner, glatzköpfiger Mann die Hafenverwaltung betreten und sich als Bevollmächtigter des Umweltministeriums ausgewiesen. Alle Papiere waren einwandfrei, und die Lagerhalle ging zwecks gründlicher Untersuchung in die Obhut der Regierung über.

Noch am selben Tag wurde das Vorhängeschloss am Eingangstor ausgetauscht, und die Mitarbeiter der Hafenverwaltung waren erleichtert, dass sich nun Fachleute der Gefahren durch eine mögliche Giftmüllverunreinigung angenommen hatten.

Zwei Tage später hatte der Alltag die Belegschaft wieder voll und ganz im Griff. Mehr als ausgelastet mit nicht registrierten Frachtgütern, gefälschten Zolldokumenten und ungeklärten Anlegefristen, verloren die Zuständigen schon bald die Situation um Lagerhalle 17C aus den Augen.

Joyce Kramer parkte den schwarzen Buick direkt hinter dem Eingangstor.

Bleigraue Gewitterwolken zogen ihre tiefen Bahnen über Vancouver. Die Mittagssonne war nicht mehr als ein milchiger, verwaschener Fleck am Himmel.

Joyce sah sich um, sie war allein gekommen und ging zügig zum Tor. Die Farbe auf den angerosteten Metalltüren blätterte bereits ab. Nur noch undeutlich waren die beiden Ziffern und das geschwungene C zu erkennen.

Das Vorhängeschloss schnappte auf und offenbarte ein zweites Schloss mit digitalem Display. In einer fließenden Bewegung ließ die junge Frau ihre Finger über das Tastenfeld gleiten und deaktivierte so den Alarm, der sich Sekunden später eingeschaltet hätte.

Für einen kurzen Moment flutete zwischen Öffnen und Schließen der Metalltüren das Tageslicht in heller Bahn über den verschmutzten Lagerhallenboden. Schnell eroberte das Dunkel den gewaltigen Raum zurück.

17C war bis auf den letzten Winkel leergeräumt.

Einzig in der Mitte der Halle befand sich ein großer Tisch, auf dem vier Flachbildmonitore standen. Ein Beamer warf die Projektion eines Gesichts auf eine Leinwand dahinter.

»... und nun der dritte innerhalb einer Woche«, fuhr Bakerman ungerührt fort. »Carl Abrahams.«

Carl! Joyce erinnerte sich gut an den älteren wortkargen Mann, dem sie bei den letzten Treffen der Kommission noch gegenübergesessen hatte.

Bakerman trug einen maßgeschneiderten, aber schlichten Anzug und gab ihr wortlos zu verstehen, wo genau sie sich hinzustellen hatte.

Joyce folgte der Anweisung des glatzköpfigen Mannes, und tatsächlich verschaffte ihr der Platz sowohl freie Sicht auf die Projektion wie auch auf ihren Arbeitgeber, ohne dass sie dabei von den vier Augenpaaren auf den Monitoren erblickt werden konnte.

»Carl war mit Ermittlungen über das ungewöhnliche Verschwinden von Kindern aus lokalen Krankenhäusern und Heimen betraut. Letzte Nacht sollte er sich mit einem Informanten im BC Children's Hospital treffen.« Bakerman hielt kurz inne. »Was Carl im VanDusen Botanical Garden gesucht hat, ist uns noch nicht bekannt. Ebenso wenig die Identität seines Mörders. Das Ausmaß der Verletzungen lässt auf ein Raubtier schließen ...«

Joyce wagte sich einen Schritt vor, doch noch immer nutzte sie den toten Winkel, den Bakerman durch die geschickte Aufreihung der Monitore und die Positionierung der Kamera ermöglicht hatte. Sie kannte die Gesichter auf den Bildschirmen:

Bernard Cardieux, 52 Jahre, Historiker und Spezialist für okkulte Organisationen.

Lyle Floyd, 62 Jahre, Mediziner, Fachgebiet: exotische Krankheiten.

Santa Fe, 35 Jahre, Computerspezialist mit Hang zur Selbstüberschätzung.

Beth Rubin, 43 Jahre, Regierungsbeamtin, über deren wahre Kompetenzen und politisches Ressort Joyce nichts wusste.

Sie waren die letzten noch verbliebenen Mitglieder der Trudeau-Kommission, einer kleinen, aber streng organisierten Einheit zur Erforschung ungewöhnlicher

Phänomene. Ziel der Untersuchungen war sowohl die Prüfung vermeintlich unerklärlicher Vorkommnisse in Wissenschaft und Natur wie auch die Aufklärung von Verbrechen, deren Umstände als rätselhaft oder unbegreiflich galten. Ins Leben gerufen hatte die Kommission in den frühen siebziger Jahren der ehemalige kanadische Premierminister Pierre Trudeau. Die Finanzquellen, die noch heute die Arbeit der Kommission sicherten, waren einzig und allein Bakerman bekannt.

Joyce schätzte Bakerman auf Mitte fünfzig. Geboren war der Experte für Archäologie und alte Sprachen in Schottland. Über sein Privatleben war ihr, sofern überhaupt vorhanden, nichts bekannt.

Und das, obwohl Joyce Kramer seit acht Jahren in seinen Diensten stand und ihm viel verdankte.

Seit er sie im Alter von 21 Jahren aus Ravenstone herausgeholt hatte. Befreit von einem Leben, das aus Medikamenten, Bevormundungen und Bestrafungen bestand. Nur mit dem Ziel, ihr Innerstes nach außen zu kehren und dem einsamen Mädchen jeglichen noch verbliebenen Schutzwall zu nehmen.

Wie oft hatte der nagende Zweifel an ihrem Verstand sie zusammenbrechen lassen, hervorgerufen durch die unterschwellige Überzeugung, dass sie in Ravenstone überhaupt erst zum Opfer geworden war.

Sie hatte die Schreie der anderen Mädchen gehört, von denen am nächsten Morgen niemand etwas gewusst haben wollte.

Auch hatte sie die Angst in Susans Augen gesehen, ihrer einzigen Freundin zu jener Zeit. »Die wollen mich«, waren die Worte, die Susan ihr eines Tages auf ein Taschentuch geschrieben und zugesteckt hatte. Joyce hatte ihr nicht geglaubt.

Sie hatte das Gefühl des Versagens fürchten gelernt, als man Susan am nächsten Morgen in den Waschräumen fand.

Erfroren. Im Hochsommer.

»Carl Abrahams hinterlässt eine Frau, keine Kinder.«

Bakermans Stimme riss sie aus ihren Gedanken zurück in die Gegenwart.

Joyce bemerkte, dass die Unterredung zwischen den Regierungsmitarbeitern an Emotionalität zugenommen hatte. Aufmerksam begann sie, die unterschiedlichen Stimmungen zu sondieren, um einen konkreteren Eindruck der Situation zu erhalten.

»Was ist mit dem Arzt aus dem Hospital?«, wollte Lyle Floyd wissen. Der Mediziner trug seinen Arztkittel und befand sich offensichtlich noch in seiner Praxis. Unruhig ließ er einen Füllfederhalter in seiner Hand rotieren.

»Wurde seit gestern Nacht nicht mehr gesehen. Ich habe eine sofortige Suchaktion eingeleitet.«

»Sieht nicht gut aus, was?«, bemerkte Santa Fe süffisant. Das Gesicht war im Halbdunkel seines Zimmers kaum zu erkennen.

»Treffend beobachtet«, sagte Beth Rubin. »Die Medien schlachten die Geschichten aus. Reporter, Polizei, die werden alle wissen wollen, wer die Toten sind.«

»Beth hat recht.« Bernard Cardieux nahm einen kräftigen Schluck aus einer etikettlosen Flasche. »Zu viel Aufmerksamkeit könnte die Aufgaben der Kommission gefährden. Unsere Anonymität ist unser Schutz!«

»Und damit ist es nicht mehr weit her«, entgegnete Santa Fe, während er noch weiter von der Kamera seines Computers wegrückte. Schon waren nur noch die vagen Umrisse eines Kopfes auf dem Bildschirm auszumachen.

»Für mich ist klar, dass die Kommission sich auf der richtigen Fährte befindet«, sagte Lyle Floyd mit betontem Gleichmut. »Je tiefer wir in das Territorium unseres Gegners vordringen, desto härter schlägt er zurück.«

»Wir brauchen Fakten und Namen, keine altklugen Weisheiten, Lyle!«

»Ist dem so, Beth? Kinder verschwinden. Ärzte verschwinden. Und sogenannte Fliegende Schatten suchen die Stadt heim. Das sind ausreichend Fakten – für meinen Geschmack.«

»Der Punkt geht an den Doc.« Der Sarkasmus in Santa Fes Tonfall war nicht zu überhören.

Beth Rubin wurde ungehalten. »So kommen wir doch nicht weiter!«

Bakerman warf Joyce einen flüchtigen Blick zu.

Sie hatte die Diskussion nachdenklich verfolgt und glaubte nun zu wissen, was Bakerman von ihr erwartete.

Bernard wirkte wie immer leicht paranoid.

Lyle agierte überraschend offensiv.

Santa Fe war leicht abgelenkt, mal nervös, mal amüsiert.

Beth verhielt sich wie immer.

»Und weil wir so nicht weiterkommen«, ergriff Bakerman schließlich wieder das Wort, »habe ich mir erlaubt, Ihnen ohne Umschweife alle nötigen Instruktionen zukommen zu lassen. Die Daten müssten mittlerweile auf Ihren Computern eingetroffen sein.«

»Yep. So sieht's aus«, murmelte Santa Fe.

Auch die anderen drei bestätigten nach kurzer Prüfung den erfolgreichen Datentransfer.

»Halten Sie sich ausnahmslos an meine Direktive. Ich erwarte alle sechs Stunden eine Rückmeldung über Ihre Fortschritte.«

»Ach, Mr Bakerman?«

»Bernard?«

»Mir gefällt das nicht.«

»Wovon sprechen Sie?

»Diese Art von Konferenz. Sollten wir uns nicht besser wieder in persona treffen? Diese Technik steckt doch voller Schlupflöcher.«

»Ohne diese Technik wären wir reif fürs Altersheim«, sagte Santa Fe nüchtern.

Bernard Cardieux kniff die Augen zusammen und verfiel in Schweigen.

Beth Rubin wollte zu einer Erklärung ansetzen.

»Betrachten Sie es als reine Vorsichtsmaßnahme.« Bakermans Tonfall ließ die Diskussion augenblicklich verstummen. »Sie kennen Ihre Aufgaben. Die Konferenz ist hiermit beendet.«

Die Bildschirme erloschen.

Das Licht des surrenden Beamers warf Bakermans unbewegtes Konterfei als Schattenriss auf die Leinwand.

»Eine Vorsichtsmaßnahme?«

»Was glauben *Sie*, Joyce, warum ich die Konferenz nicht im Büro abgehalten habe?«

Bakerman wandte sich nachdenklich der Abbildung auf der Leinwand zu. »Ich befürchte in der Tat, dass wir eine undichte Stelle haben. Wenn wir den Maulwurf nicht schleunigst ausfindig machen, wird einer von uns der Nächste sein.«

Bakerman war ein Mann voller Geheimnisse. Er vertraute niemandem und verlangte zugleich, dass man ihm vertraute. Er war unnachgiebig und äußerst direkt. Aber Joyce glaubte in seinen Augen zu erkennen, dass er Carl Abrahams auf seine eigene, spezielle Weise vermisste.

»Was soll ich tun?«

»Halten Sie Kontakt zu den anderen vier. Finden Sie heraus, wer von ihnen über alle Aufträge Bescheid wusste. Vor allem über Carls. Wir brauchen einen schnellen Erfolg!«

»Verstehe.«

»Ach, und Joyce?«

»Ja?«

»Normalerweise sind mir banale Ratschläge zuwider, aber – seien Sie vorsichtig.«

Gastown ist der älteste Stadtteil Vancouvers, vor über hundert Jahren zu Zeiten der Holzfäller und Pelztierjäger entstanden. Altertümliche Gaslaternen erhellen noch heute die Schaufenster der Galerien, Cafés und kleinen Buchhandlungen.

Der Abend senkte sich bereits über die Stadt, als Bakerman seinen Wagen in eine schmale Seitengasse lenkte und dort zum Stehen brachte. Er hatte sich entschieden, den Rest des Weges zu Fuß zu gehen, um an der frischen Luft seine Gedanken zu ordnen.

Die nasskalte Dämmerung hielt die Touristen aus den Straßen fern. Vereinzelt boten Künstler mit Staffeleien ihre Werke dar, und selbst die ansonsten überall anzutreffenden Hütchenspieler hatten sich woanders ein warmes Plätzchen gesucht.

Hinter der Fensterscheibe eines Antiquitätenladens stapelten sich unzählige Bügeleisen in den verschiedensten Formen und Größen, rostbraun, einige ohne

Griffe und zum Teil übersät mit Flecken und eingestanzten Mustern. Auf Bakerman wirkten sie wie prähistorische Werkzeuge, deren wahre Bedeutung für die Menschheit schon lange verlorengegangen war. In einem Gitterkäfig über der Kasse schlief eine Elster, den Kopf im Gefieder verborgen. Der zierliche Brustkorb bewegte sich kaum merklich. Für eine Weile stand Bakerman schweigend da und fühlte die Aura des Friedens, die den Vogel inmitten der antiken Utensilien umgab.

Der Eingang des Varietés befand sich drei Häuser weiter unter einem winzigen Balkon, auf dem in bronzener Gravur der Name schimmerte: *AWAY*.

Eine Tür mit abgenutzten Scharnieren ließ ihn ein. Von jenseits der schmalen Treppenflucht, die Bakerman ruhigen Schrittes hinabstieg, drang gedämpftes Klavierspiel.

Am Ende der Stufen wartete ein Mann in einem überlangen Frack. Zwischen seinen feingliedrigen Fingern huschte mit atemberaubender Geschwindigkeit der Schatten einer Münze hin und her.

»Ah, Mr Bakerman.«

Der eigentümliche Akzent des Türstehers hatte auch nach über zehn Jahren in Vancouver noch nichts von seiner Exotik eingebüßt.

»Julio«, grüßte der barhäuptige Mann zurück.

»Sie haben Glück. Ihr Tisch ist frei.«

Bakerman bedankte sich.

Dezent beleuchtete Sitzgruppen im Halbdunkel und die kleine Bühne, auf der sich Zigarettenqualm im Scheinwerferlicht zur Decke schraubte, erinnerten an einen heruntergekommenen Jazzclub. Aber das Etablissement bot ein gänzlich anderes Programm, es war eine Hommage an die amerikanische Vaudeville-Tradition vom Anfang des vorigen Jahrhunderts: aufeinanderfolgende Varieténummern von Akrobaten, Musikern oder Zauberkünstlern, wobei im *AWAY* auch nackte Haut nicht zu kurz kam.

In dieser Hinsicht überraschte es Bakerman nicht, dass die Dame am Klavier außer einem silbernen Zigarettenhalter und dem Pelzschal über ihren Schultern keine weiteren Requisiten oder Kleidungsstücke für ihre Vorstellung benötigte. Bakerman genoss die überzogene Schwermut ihres Chansons und die Theatralik in ihrer rauen Stimme.

Der Applaus und die Zwischenrufe am Ende des Liedes waren kurz und bedächtig, die Gesichter an den Nachbartischen schnell wieder in sich gekehrt. Bakerman kannte diese Art von Menschen, die sich zu solch früher Stunde bereits in Orte wie dem AWAY verloren. Die meisten waren einsam, orientierungslos oder süchtig. Oder alles zusammen.

Er nutzte den Moment, um Stimmungen, Blicke und besondere Merkmale der Gäste zu erforschen und sich einzuprägen. Dann lehnte er sich zurück und bestellte ein Glas mit eisgekühltem Wasser.

Als Nächstes erschien ein Hypnotiseur auf der Bühne. Bakerman kannte die Nummer und zeigte sich nur schwach beeindruckt, als der Mann eine Frau dazu brachte, das Alphabet rückwärts aufzusagen.

»Haben Sie sich heute etwa freigenommen?«

Die Stimme hinter ihm war sanft, doch verriet sie Bakerman, dass die Frau keinen Widerspruch gewohnt war. Ohne sich umzudrehen, schob er den zweiten Stuhl ein wenig vor.

»Setzen Sie sich doch. Ich habe tatsächlich ein wenig Zeit.«

Lil Hastings' Haar schimmerte violett. Es schien ihm, als wäre sie seit ihrem letzten Treffen noch schmaler geworden, doch wusste Bakerman genau, dass ihr Alter und der zerbrechlich wirkende Körper keinen Anlass gaben, sie zu unterschätzen.

»Sie haben Zeit? Was für eine unerwartete Neuigkeit.«

»Und Sie? Immer auf der Suche nach neuen Talenten?«

Lil Hastings hielt sich das Weinglas vor die Augen und schwenkte es aufreizend langsam. »Dieser Ort ist so etwas wie ein zweites Zuhause für mich geworden.«

Bakerman bemerkte, dass der Hypnotiseur ihren Tisch während der Vorführung heimlich im Auge behielt. Auch Julio schaute immer wieder verstohlen vom Eingang herüber.

»Machen Sie sich keine Sorgen. Ich habe unsere Abmachung nicht vergessen«, sagte er, bevor die Frau ihn in die Enge treiben konnte.

»Dann ist es ja gut. Wir unterstützen Sie gerne, Bakerman, aber im Gegenzug sollen Sie uns Probleme vom Hals schaffen, nicht welche bereiten.«

»Was wollen Sie damit sagen?«

»Ich habe gehört, dass Sie in Schwierigkeiten stecken. Einer Ihrer Männer wurde getötet. Vielleicht sind es auch schon mehr. Ich hoffe sehr, Sie suchen den Mörder nicht hier bei uns.«

Bakerman nickte nachdenklich. »Ich bin aus persönlichem Anlass hier. Nichts Geschäftliches.«

»Mir war nicht bewusst, dass es für Sie so etwas wie persönliche Anlässe überhaupt gibt«, erwiderte Lil Hastings kühl.

»Niemand ist perfekt.«

»Und auf wen warten Sie, wenn die Frage gestattet ist?«

Unter neuerlichem Applaus trat ein junger Mann ins Scheinwerferlicht und verbeugte sich schüchtern.

»Auf ihn«, antwortete Bakerman mit einem Nicken in Richtung Bühne.

Der Mann war ganz in Weiß gekleidet. Hemd, Hose, Schuhe, selbst Haare und Haut schienen wie mit Kreide bemalt. Nur die runden Brillengläser tauchten seine Augenpartie in ein kräftiges Hellgrün.

Die Bühne war freigeräumt worden, bis auf den einfachen Stuhl und einen Klapptisch, auf dem drei Gegenstände platziert waren: ein Dekantierer, ein Glas und ein altmodisches Telefon mit Wählscheibe.

Eine schwarze Holzpuppe saß auf dem linken Bein des Mannes. Sie hatte schwarzes Haar und trug einen schwarzen Anzug.

Das unverständliche Murmeln an den Tischen erstarb, als die Puppe langsam den Kopf hob. Ihre dunklen Knopfaugen stierten ausdruckslos in die plötzliche Stille des rauchverhangenen Varietés.

Der junge Mann griff zum Dekantierer, schenkte das Weinglas halb voll und setzte es an seine Lippen. In diesem Augenblick begann das Telefon zu klingeln. Ein heller, unwirklicher Ton, der in den Ohren schmerzte. Der weißhäutige Mann nahm den Hörer ab und schaute, den geschlossenen Mund noch voller Wein, fragend zur nachtschwarzen Puppe auf seinem Schoß.

Diese schüttelte den Kopf, seufzte und sagte dann mit tiefer, grollender Stimme: »Chap für Charlie am Apparat. Wie kann ich helfen?«

»Wie können Sie es wagen?«, tönte es beleidigt

aus dem Lautsprecher. »Ich rede doch nicht mit einer Holzpuppe!«

»Zu schade«, sagte Chap. »Und ich rede nicht mit einem Stück Plastik.

Charlie legte auf, schluckte den Wein hinunter und rief aufgebracht: »He, Chap, warum so unfreundlich? Vielleicht wollte uns jemand engagieren?!«

Die schwarze Puppe hielt sich den Bauch vor Lachen. »Nicht solange du nicht lernst, dass man mit leerem Mund nicht sprechen soll.«

Begeistert klatschten die Gäste in die Hände, und die Vorstellung nahm ihren Lauf.

Lil Hastings musterte Bakerman abschätzig.

»Er ist gut. Er ist wirklich gut. Fast so gut wie Lester.«

»Das war vor meiner Zeit«, sagte Lil Hastings.

Bakerman erkannte, dass die Frau allmählich das Interesse verlor, und fuhr fort: »The Great Lester oder mit bürgerlichem Namen Harry Szajkowski. Geboren 1878. Der vermutlich berühmteste Ventriloquist, den die Welt je erlebt hat. Wissen Sie, wie er angefangen hat?«

»Natürlich weiß ich das«, sagte Lil Hastings ein wenig verstimmt. »Als Clown in einem Wanderzirkus. Später wurde er Schwertschlucker, Wahrsager, ein sehr erfolgreicher sogar.«

Bakerman erinnerte sich gut, als läge die Begegnung keine drei Tage zurück. »Nichts reichte an Harry Szajkowskis Fähigkeit heran, Stimmen, Geräusche und Tierlaute jenseits des eigenen Körpers zu erzeugen. Von ihm stammen fast alle Klassiker des Bauchredens. Seine Puppe, Frank Byron jr., hatte er selbst geschnitzt.« Er nahm einen Schluck Wasser. »Bevor The Great Lester auf der Bühne erschienen war, hatten Bauchredner die unterschiedlichsten Ablenkungsmanöver inszeniert, um ihre fehlerhaften Illusionen glaubhaft werden zu lassen. Lester aber hatte so etwas nicht nötig. Er reduzierte seine Show auf das wenige, was Sie hier vor sich sehen. Er setzte den Standard, an dem sich alle nach ihm folgenden Künstler zu orientieren hatten.«

»So gesprächig habe ich Sie selten erlebt, Bakerman!«

»Lester hat nicht nur dem Vaudeville eine verloren geglaubte Reinheit zurückgegeben, einzig durch die Präsentation seiner – *Gabe*. Sondern auch seinem Publikum.«

»Sie tun ja fast so, als hätten Sie ihn persönlich gekannt.«

»Nun ja …«

»Sie haben für heute genug Eindruck geschunden. Es war wie immer eine Freude.« Lil Hastings erhob sich, nickte ihm zum Abschied knapp zu, dann verschwand sie in einem der Hinterzimmer.

Bakerman schaute ihr mit abwesendem Blick hinterher, hatte er doch mehr sinniert als sich unterhalten. Nur zögerlich wandte er seine Aufmerksamkeit wieder dem Treiben zwischen Charlie & Chap zu.

Die Vorstellung hatte kaum geendet, als Bakermans Glas leer getrunken und sein Platz verlassen war.

Charlies Garderobe war die vierte Tür auf der rechten Seite, am Ende des Gangs.

Die Tür war verschlossen. Bakerman blickte sich um.

Hinter einer der anderen Türen auf dem Flur vernahm er ein leises Singen. Er blieb auf der Schwelle stehen und spähte in das Zimmer. Im Zwielicht einer verstaubten Glühbirne erkannte er Plakatrollen und leere Bilderrahmen.

Ein kleiner Junge saß vor einem viel zu hohen Tisch in der hintersten Ecke des Raumes. Die Kante reichte ihm beinahe bis unters Kinn. Er trug ein Nachthemd mit Sternenmuster.

»Sind beide nicht da«, sagte der Junge mit heiserer Stimme.

»Ich muss mit Charlie sprechen«, sagte Bakerman.

»Ich weiß.« Der Junge deutete auf drei vor ihm liegende Tarotkarten. »Sie kommen gleich zurück. Wenn du willst, lege ich dir bis dahin die Zukunft.«

Bakerman zwang sich zu einem Lächeln. »Ich glaube an viele Dinge, aber nicht an Vorherbestimmung.«

»Dann hast du ja nichts zu verlieren.« Der Junge nahm die Karten auf und mischte sie zurück unter den Stapel.

»Doch, Zeit.«

Der Junge schielte über die Tischplatte hinweg in Richtung Flur. Die Tür zu Charlies Umkleide hatte sich knarrend einen Spaltbreit geöffnet.

Bakerman wandte den Kopf und erblickte schneeweiße Wangen und spröde Lippen.

Was machen Sie hier?

»Wir müssen uns unterhalten, Charlie.«

Hier? Jetzt? Zu viele Ohren …

Es kam ihm vor, als spräche die Stimme nur in seinem Kopf.

Mit einem Fußtritt ließ Bakerman die Tür zum Tarotzimmer zufallen. Dann trat er vor Charlies Garderobe.

»Ich habe da draußen nicht umsonst gewartet.«

Also schön, aber kommen Sie gleich zur Sache.

Bakerman betrat die Garderobe und drehte den Schlüssel hinter sich im Schloss. Der Raum war sehr klein, eher eine Besenkammer als eine Umkleide.

Mäntel und Schuhe türmten sich zu einem wilden Haufen an der Rückwand. Auf der Schminkkommode stand ein von kleinen Glühbirnen beleuchteter Theaterspiegel. Die Bleistiftskizze eines Heißluftballons war seitlich in den Rahmen gesteckt.

Mit vor der Brust verschränkten Armen kauerte Chap auf dem Stuhl davor.

»Ich gratuliere, Charlie. Das war eine gute Show.«

»Ach«, winkte der Bauchredner verlegen ab. »Nur die übliche Technik: Gaumen zusammenpressen, mit der Zunge den Kehlkopfeingang verengen und so weiter.«

»Früher fiel es Ihnen schwerer, Ihre einzigartige Gabe durch gewöhnliche Tricks zu verbergen.«

»Was wollen Sie von mir, Bakerman?«

Charlies Haut war glatt wie Plastik. Seine grün getönte Sonnenbrille nahm der weißhäutige Mann auch hier nicht ab.

»Sie schulden mir noch einen Gefallen.«

Charlie ließ sich in den Stuhl sinken und hob Chap auf seine Schulter. Für einen Moment beschlich Bakerman ein Gefühl der Unruhe, als ihn die beiden stumm und erwartungsvoll anstarrten.

Die schwarze Puppe neigte den Kopf und sagte: »Legen Sie los.«

»Wir zwei wissen, dass Sie über eine außerordentliche Begabung verfügen.«

»Er ist kein übler Bauchredner«, kicherte Chap.

»Das stimmt.«

Bakerman machte zwei Schritte von der Tür weg und senkte die Stimme.

»Sie litten als Kind unter einem irreparablen Stoffwechseldefekt. Eine seltene Pigmentstörung, die zu einem extremen Stadium von Albinismus geführt hatte …«

»… und wenn Sie und Doktor Floyd mich nicht behandelt hätten, wäre ich vermutlich daran gestorben«, führte Charlie den Satz zu Ende.

»Sie haben Ihre Gabe nicht kontrolliert. Etwas wollte Sie von innen verzehren, Charlie.«

»Hören Sie auf damit!« Chaps Stimme überschlug sich. Die Puppe zitterte und verbarg ihren Kopf in Charlies Umarmung.

»Sie sind das, was die Menschen da draußen auf den Straßen einen Zauberer nennen würden. Ich habe Sie mit Ihresgleichen zusammengeführt. Ich habe Sie gerettet.«

»Und jetzt fordern Sie eine Gegenleistung?«

Bakerman nahm einen löchrigen Zylinder vom Kleiderstapel und drehte ihn zweimal in der Hand. »Ich wünschte, ich brauchte es nicht zu tun.«

»Haben Sie schon mit Lil darüber gesprochen?«

»Ist die Gute jetzt Ihr Kindermädchen?«

»Sie ist unser Sprachrohr. Sie versteht die Zusammenhänge.«

»Wir haben mit Lil Hastings eine Abmachung. Aber diese Angelegenheit betrifft nur mich, nicht die Organisation. Und dafür brauche ich Sie, Charlie. Sie ganz allein!«

Der Mann strich der Holzfigur tröstend über das künstliche Haar. In seinem Gesicht zeigte sich ein Ausdruck von Entschlossenheit, gespeist aus der erwachten Gewissheit, dass nur er für Bakermans geheime Mission in Frage kam. »Also gut, was soll ich für Sie tun?«

Bakerman hatte eine solche Reaktion vorausgesehen. Er war zufrieden mit dem Verlauf des Gesprächs.

»Sie werden für mich auf jemanden aufpassen.«

»Ich soll Leibwächter spielen?«

»Sie sollen sein Schatten sein. Ich weiß, dass Sie nicht nur Illusionen erzeugen können, Sie besitzen auch ein ausgeprägtes Talent zur Antizipation. Eine Art sechsten Sinn.«

»Wenn Ihr Jemand in Gefahr ist, warum schicken Sie dann nicht Ihre eigenen Leute?«

»Sagen wir, meine Ressourcen werden allmählich knapp.« Bakerman entfaltete die Ausgabe der Abendzeitung auf der Kommode. »Sie haben von den Fliegenden Schatten gehört?«

Charlies Blick glitt über Schlagzeile und Foto auf der Titelseite. »Na klar. Drei Tote. Alle übel zugerichtet.«

Bakerman zögerte, doch dann entschloss er sich, Charlie einen Teil der Wahrheit zu eröffnen. »Unsere Zielperson erinnert sich nicht an den Vorfall, aber als Kleinkind hätte ihn eine solche Kreatur beinahe getötet.«

»Dann gibt es die wirklich?«

»Ich fürchte, ja.«

»Und Sie glauben, die könnten es erneut versuchen?«

Als Antwort reichte Bakerman ihm einen braunen Papierumschlag. »Darin finden Sie alle relevanten Angaben zur Person – Adresse, Beruf, Bekannte – und ein Foto.«

»Wann geht's los?«

»Sofort!«

»Aber –«

»Ihr Varieté-Job? Ach, Charlie. Auch Zauberer sind nicht immun gegen die Grippe.«

Chap löste sich aus der Umarmung seines Herrn. »Und wie heißt der Kerl?«, fragte die grollende Stimme der Puppe.

Bakerman blickte Charlie fest in die Augen. »Sein Name ist Steven Burns.«

4

»Noch Kaffee?«

Die Bedienung stand mit einer Isolierkanne in der Hand an seinem Tisch. Steven zwang sich aus seinen Tagträumen zurück in die Wirklichkeit und blickte zu ihr auf. Sicher war sie nicht älter als zwanzig. Ihre Eltern stammten vermutlich aus Indien oder Pakistan. Für Stevens Geschmack war sie etwas zu stark geschminkt.

»Nein, danke.«

»Darf ich dann schon mal kassieren?«

»Ich wollte eigentlich ...«

»Meine Schicht ist gleich um. Dann kriegt die Nächste mein Trinkgeld.«

Steven konnte sich ein Schmunzeln nicht verkneifen. »Also gut, dann hier und jetzt. Was bin ich Ihnen schuldig?«

»Ähhh, acht sechzig.«

»Hier, der Rest ist für dich.«

Das Mädchen ließ den überzähligen Schein schnell in ihrer Bluse verschwinden. »Danke. He, du bist doch nicht so ein Irrer, der da draußen gleich aus dem Busch springt? Na ja, jetzt wo du weißt, dass ich gleich Schluss habe und so.«

»Keine Sorge.«

Sie atmete erleichtert aus, machte einen Schritt zurück und begutachtete Steven von Kopf bis Fuß. Der strenge Erdbeergeruch ihres Kaugummis stieg ihm in die Nase.

»He, wenn du noch nichts vorhast, kannst du mich nach Hause fahren.«

»Tut mir leid. Ich habe bereits eine Verabredung.«

Ihre Mundwinkel zuckten beleidigt. »Bist mir eh zu alt.«

Steven blickte hinaus. In der Fensterscheibe sah er, wie die Kellnerin wieder hinter dem Tresen verschwand.

Auf der anderen Straßenseite zeichnete sich im trüben Schein der Laternen das Haus ab. Von hohen Bäumen umzäunt lag der Rest des Grundstücks in Schatten verborgen.

Er stand auf und verließ das Restaurant.

Begierig sog er die kühle Herbstluft ein und vergrub die Hände in den Manteltaschen. Noch immer sträubte er sich dagegen, die Idee seines Verlegers in die Tat umzusetzen. Welches Recht besaß er, der Witwe dieses Mannes Fragen zu stellen, keine vierundzwanzig Stunden nach dessen Tod?

Er hatte sich von Sonny überreden lassen, doch schon jetzt verursachte ihm ein neuerliches Schuldgefühl Übelkeit. Sonny dachte an Geld, an seine Tochter und den Verlag. Sonny dachte an die Zukunft. Steven nicht.

Jeden Tag geschahen Unfälle, starben Menschen, gab es Schicksale, die ins Blitzlichtgewitter der Presse gerieten und tags darauf wieder vergessen waren.

»Der Tod gehört zum Leben, warum nicht ein paar Kröten damit machen?«, hatte Sonny zum Abschluss ihres Gesprächs gesagt und ihm dabei aufmunternd auf die Schulter geklopft.

Aber Steven Burns kannte das Gefühl, jemanden zu verlieren.

Er verbannte die Erinnerung an seinen kleinen Bruder aus seinem Kopf und dachte stattdessen an eine Fahrt im Taxi vor einigen Nächten. Er hatte den Mann hier ganz in der Nähe abgeholt, ein Wichtigtuer im Nadelstreifenanzug, angetrunken und laut, der sich unbedingt über Lebensträume hatte unterhalten wollen. Er sei Börsenmakler, einer der besten entlang der Pazifikküste, hatte der Mann vollmundig erklärt.

Seine sogenannten Träume waren mehr als offenkundig gewesen; Steven hatte sie alle erraten.

Schließlich hatte ihn der unangenehme Kerl auf der Rückbank herablassend nach den eigenen Zielen gefragt. Stevens Antwort war kurz gewesen: »Vergessen.«

Er hatte kein Trinkgeld erhalten. Offenbar war es die falsche Antwort gewesen.

Steven nahm den Finger von der Klingel.

Ohne es zu merken, hatte er inzwischen das Gartentor passiert und war über den Kiesweg zur Eingangstür gelangt.

Im Haus blieb alles still.

Nichts regte sich.

Auch hatte er es nicht läuten gehört. Vermutlich war die Klingel ausgestellt.

Nicht wissend, ob er die Klinke selbst hinuntergedrückt hatte oder die Tür nur angelehnt gewesen war, sah Steven Burns, wie sie nun knarrend aufschwang und in einen langen Hausflur führte, dessen Fußboden und Wände komplett mit hellem Teppichstoff verkleidet waren.

»Hallo?«

Keine Antwort.

»Hallo? Mrs Abrahams? Jemand zu Hause?«

Ihn beschlich ein ungutes Gefühl, hatte er doch im

Fernsehen schon zu oft derartige Momente ungläubig miterlebt und sich gefragt, warum die Protagonisten nichts Besseres zu tun hatten, als mit offenen Augen ins Verderben zu rennen.

Aber etwas zwang ihn, einzutreten und die Tür zu schließen. Ein Drang, der mit jedem seiner Schritte auf dem polsterweichen Boden an Intensität gewann. Er fühlte den Pulsschlag am Hals, den Druck in seiner Brust, und er genoss die Anspannung auf eine ihm zuvor unbekannte Art.

Es war ein Geisterhaus.

In jedem Raum brannte eine einzelne Lampe, und je weiter er vordrang, desto kühler wurde es.

Sämtliche Regale waren ausgeräumt, die Bücher in den Ecken sorgfältig zu Türmen gestapelt. Steven fiel auf, dass alle die gleiche Höhe hatten.

Es gab keine Bilder an den Wänden, keine achtlos hingeworfene Kleidung auf dem Sofa oder verstreute Salzkörner auf der Arbeitsfläche in der Küche. Das Leben schien dieses Haus ebenso verlassen zu haben wie den Körper von Carl Abrahams.

Er betrat das Wohnzimmer.

Die Terrassentür stand offen. Im kalten Luftzug von draußen waren mehrere vergilbte Fotografien aus einem Album zu Boden gefallen. Ob die Verfärbungen auf das Alter oder die schlechte Fotopapierqualität zurückzuführen waren, konnte Steven nicht sagen.

Verstört hob er ein Bild vom Teppich auf.

Es war ein unscharfer Schnappschuss, aufgenommen in einem altmodischen Bürokomplex. Einer der drei Männer auf der Fotografie erinnerte Steven an den ehemaligen Premierminister Trudeau, der zweite hatte ein trauriges Allerweltsgesicht, doch war es die dritte Person, die Steven in ihren Bann zog.

Der Mann war deutlich kleiner als die anderen. Alles unterhalb der Stirnpartie war mit einem scharfen Gegenstand weggekratzt worden. Nur die Statur und die Glatze ließen schlussfolgern, dass es sich um einen Mann handelte.

Eine plötzliche Unruhe ergriff von Steven Besitz.

Die Ahnung, beobachtet zu werden, brannte sich in seinen Verstand und ließ ihn die Fotografie schuldbewusst zurück auf den Couchtisch legen.

Was suchte er hier überhaupt? Im Haus eines Ermordeten und dessen Witwe, die ihm beide unbekannt waren.

Er war der Eindringling. Er war hier der Fremde.

»Mrs Abrahams?«

Steven zuckte zusammen, als seine eigenen Worte die Stille des Hauses durchbrachen.

Dann sah er den Schemen.

Draußen, jenseits der Terrassentür zwischen Bäumen und Nebel, hatte er eine Bewegung wahrgenommen. Nur undeutlich zwar, dennoch war Steven sich sicher, dass jemand im Garten stand.

Eine Frau.

»Mrs Abrahams? Sind Sie das?«

Als er über die Schwelle hinaus auf die Terrasse trat, erkannte er in der Dunkelheit die Umrisse eines Swimmingpools.

Der Norden der Stadt lag höher als das Zentrum südlich der Burrard-Bucht. Es erstaunte ihn immer wieder, wie sich das Klima in Vancouver innerhalb weniger Kilometer drastisch ändern konnte. Wie so oft im Herbst, wenn es in North Vancouver zur Abwechslung mal nicht regnete, erfüllten Nebelschleier die Nächte und dämpften jedes Geräusch. Der Rasen war mit aufgeweichtem Laub bedeckt.

Martha Abrahams stand am Rande des Schwimmbeckens. Das elfenbeinfarbene Hochzeitskleid war der Frau im Laufe der Jahrzehnte zu groß geworden. Ihr in sich zusammengefallener Körper vermochte Brust und Taille nicht mehr zu füllen. Nur über dem gekrümmten Rücken spannten sich die Nähte zwischen silbernen Rüschen und Schleifen.

Steven kam vorsichtig näher.

»Er wollte nie Kinder. Verstehen Sie?«

Steven verstand nicht. Aber er nickte.

Sie hielt einen Kinderlatz in ihren alten Händen, streichelte mit entrücktem Blick den weichen Stoff, als wäre es ein liebgewonnenes Haustier.

»Mrs Abrahams, lassen Sie uns besser ins Haus gehen. Es ist kalt und –«

»Was sollte ich denn tun? Ich hielt Murphys Idee für gut. Sie nicht auch?«

»Um ehrlich zu sein, ich weiß nicht, wovon Sie sprechen.«

Der Nebel schloss sich wie ein Ring um sie. Schon verblassten Bäume und Terrasse, wurde ihnen Zeit und Raum entrissen. Zu ihren Füßen gähnte dunkel der Beckenschlund. Der Pool war nicht mit Wasser, sondern bis zur Hälfte mit schlammiger Erde und Blättern gefüllt und wirkte auf Steven eher wie ein Grab, das man zu pflegen vergessen hatte.

»Carl hat mir nie erzählt, was die Regierung von ihm verlangt hat. Er war ständig unterwegs und wurde immer verschlossener. Und es gab so viele Rechnungen zu bezahlen. Also habe ich auch etwas dazuverdient. Heimlich. Ohne es ihm zu sagen. Bin ich deswegen ein schlechter Mensch?«

Ihre Pupillen waren farblos, fast durchsichtig. Steven dachte, dass Martha Abrahams einmal eine wunderschöne Frau gewesen sein musste, doch hatte sich ihr Gesicht im Laufe der Jahre zu einer traurigen Ruine aus Falten und Schmerz verwandelt.

»Anfangs war es ein Spiel. Carl hatte immer seine Geheimnisse gehabt, nun hatte ich meine. Aber dann begriff ich, was Murphy wirklich getan hat.«

Steven überlegte für einen Moment, ob er einen Arzt rufen sollte. Die Frau hatte ihren Mann verloren und irrte in ihrem einstigen Hochzeitskleid durch die Kälte. Es war nicht auszuschließen, dass sie sich etwas antun würde. Oder ihm.

Er musste mit ihr sprechen, ihr zuhören, sie beruhigen und ihr Vertrauen gewinnen. Oder vielleicht einfach das Weite suchen.

»Dieser Murphy. Ist er ein Freund von Ihnen?«

»Er ist der Teufel.« Ihr Mund verzerrte sich zu einer Grimasse aus Abscheu und Wut. »Seine Pfandleihe, ich habe dort Dinge gesehen ... Dinge ...«

Ihre Finger krallten sich in den Kinderlatz, dann ließ sie ihn in den Pool fallen.

»Murphy hat mich zu diesem Doktor gebracht. Der würde mir helfen, hat er gesagt. Helfen, alles zu vergessen. Und mehr wollte ich doch nicht. Nur vergessen. Verstehen Sie das?«

Steven verstand.

»Doktor Zeysen war sehr zuvorkommend. Ich lernte zwar nicht zu vergessen, aber irgendwann störte mich das nicht mehr. Das war schön ...« Ihr Lächeln ließ Steven erschaudern.

»Was waren das für Dinge, Mrs Abrahams?«

»Ich habe versprochen, es niemandem zu erzählen. Den Kindern zuliebe. Das verstehen Sie doch.«

Steven bezweifelte, dass Sonny Heseltine ebenso verständnisvoll sein würde.

»Außerdem ist es unwichtig. Zum Dank durfte ich dem Doktor von Carl und meinem unerfüllten Wunsch nach Familie erzählen. Und er hat mir einen Weg gezeigt, damit umzugehen.«

»Was war das für ein Weg? Möchten Sie darüber sprechen?«

Ihr Blick wurde schlagartig eisig. Das Lächeln erstarb. »Was wollen Sie eigentlich von mir? Hat er Sie geschickt, um mich auszuhorchen?«

»Hat *wer* mich geschickt?«

»Der Mann mit der Glatze.«

Steven erinnerte sich an das Foto aus dem Wohnzimmer.

»Nein. Ich –«

»Er hat meinen Carl in den Tod geschickt! Er hat ihn auf dem Gewissen! Er hat unser Leben zerstört!«

»Mrs Abrahams, vielleicht sollten Sie besser zur Polizei gehen, wenn Sie –«

»Neiiin!« Die Frau schlug entsetzt die Hände vor den Mund, doch ihr Schrei verhallte nur langsam.

»Nein, nein«, stammelte sie mit Tränen in den blassen Augen. »Murphy würde mich töten. Keine Polizei!«

Dann wandte sie sich um und ging davon in die nebeldurchzogene Nacht.

Das Letzte, was Steven Burns von Martha Abrahams sah, war das bleich schimmernde Hochzeitskleid, das sich allmählich in nichts aufzulösen schien.

Wie ein Geist, der für den Rest der Welt niemals existiert hatte.

5

Der Körper der Frau schlug hart auf dem Wagendach der Limousine auf.

Einmal. Zweimal.

Sie versuchte zu schreien, aber aus ihrer Mundhöhle drang nur ein Gurgeln.

Eine dunkle Flüssigkeit rann die getönten Scheiben hinab. Der Mann auf dem Rücksitz nahm das Telefon in die andere Hand und betätigte einen Schalter an seiner Armlehne. Er trug massige Brillengläser, hinter denen seine Augen im Schein der matten Innenbeleuchtung unnatürlich groß wirkten. Als die Scheibe surrend hinabglitt, verschwand seine Reflexion mit ihr.

Mit dem rechten Ringfinger nahm er einen Tropfen des warmen Blutes auf, das sich in drei feinen Strömen Wege über den Lack der Karosserie bahnte, während vom Dach das gepeinigte Stöhnen der Frau drang.

Auf dem nassen Asphalt konnte er etwas Fleischiges erkennen, abgetrennt und wie achtlos fortgeworfen.

Arme Beth, warum hat sie auch versucht, um Hilfe zu rufen? Dabei steht ihr das Unangenehmste noch bevor, dachte Victor Zeysen.

Die menschliche Zunge auf dem Boden erinnerte ihn an das Lachsfilet, das er eine Stunde zuvor im Lumiére am West Broadway zu sich genommen hatte.

Das Lumiére war als erstes Restaurant Kanadas in

die Gemeinschaft der »Traditions et Qualité« aufgenommen worden, die als feinste Genussvereinigung der Welt galt und weltweit nur 110 Mitglieder zählte. Er besaß dort einen Tisch für sich allein. Dennoch hatte Victor Zeysen das französische Etablissement an diesem Abend mit einem Gefühl der Unzufriedenheit verlassen. Der Shepherd's Pie vom Enten-Confit mit karamellisierten Zwiebeln und Trüffel-Erdäpfelpüree hatte seiner Meinung nach an Geschmack verloren. Zeysen trug sich ernsthaft mit dem Gedanken, dem Lumiére in Zukunft fernzubleiben.

Surrend fuhr das Seitenfenster wieder hoch und sperrte die Nachtluft aus, die nach altem Leder stank. Victor Zeysen hielt sich den blutverschmierten Finger unter die Nase. »Sie duften so anders, wenn Adrenalin ihr Blut erhitzt«, hauchte er ins Telefon.

Die Person am anderen Ende der Leitung blieb stumm.

Zeysen nahm das leise Atmen wahr und stellte sich vor, wie der warme Lebensodem sich auf der Sprechmuschel niederschlug. Winzige Wasserperlen. Für das menschliche Auge nicht sichtbar und dennoch Wirklichkeit. Wie so vieles.

Auf seinen kurzen Befehl an den Fahrer hin setzte sich die Limousine mit einem Ruck in Bewegung. Sie verließen die unscheinbare Seitenstraße, in die Beth Rubin gelockt worden war und deren Namen er an der nächsten Ampel aus seinem Gedächtnis löschte.

»Ich danke Ihnen für Ihre Loyalität.«

Keine Antwort.

»Sie dürfen jetzt zurück in Ihr Leben«, sagte er schließlich und fügte hinzu: »Bis bald.«

Dann beendete er das Gespräch.

Auf dem Bildschirm vor ihm flimmerten stumm die

Nachrichten. Er folgte den Bildern des Tages mit gelangweiltem Interesse und säuberte dabei seinen Finger mit Lysol, einem Desinfektionsmittel, das er stets in handlichen Fläschchen bei sich trug.

Soeben lief ein Bericht über eine Serie von Sprengstoffanschlägen in Jordanien. Der Reporter stand vor einem in sich zusammengestürzten Gebäude und blickte beim Sprechen ernst und betroffen in die Kamera. Im Hintergrund weinten halbverschleierte Frauen, Männer reckten verzweifelt Fäuste in die Luft, und ein Hund wühlte mit der Schnauze in der staubigen Erde.

Victor Zeysen schaltete den Bildschirm aus und lenkte seine Aufmerksamkeit auf den vorbeiziehenden Abendverkehr.

Ach, das Sterben und das Leid, die Leute werden immer so schnell melancholisch, dachte er und entnahm der Minibar eine Flasche Mineralwasser. Dabei sollten sie daran gewöhnt sein, war doch die Menschheitsgeschichte nichts anderes als eine äußerst detaillierte Abhandlung über Töten, Folter und Leid.

Er hatte in seinem langen Leben viele Menschen sterben sehen. Das kontinuierliche Studium der menschlichen Anatomie und Physiologie war für seine Interessen eben unerlässlich. Victor Zeysen war sich bewusst, dass seine wissenschaftlichen Forschungen und vor allem die Mittel, die er benutzte, wie auch die Wege, die er beschritt, auf einen Laien lebensverachtend und in höchstem Grade abstoßend wirken mussten. Aber er tat, was getan werden musste.

Das Leben war nicht heilig.

Es ist unbeständig, ersetzbar, beherrscht vom Gesetz der natürlichen Auslese, dachte er und stellte die Mineralwasserflasche zufrieden zurück.

Natürlichkeit. Ja, ihm gefiel die Bezeichnung.

Er diente der Evolution.

Bald schon würden sich die letzten Mysterien für ihn offenbaren. Was er brauchte, war ein wenig mehr Geduld.

Und Zeit.

Die Limousine hatte die Waschanlage erreicht und kam auf dem Förderband zur Ruhe. Das Tor wurde automatisch verriegelt. Nachdem die Sensoren die Fahrzeugabmessungen ermittelt hatten, löste sich heißes Wasser aus den Hochdruckbögen.

»Wie lange fahren Sie schon für Mr Lazar?«, fragte der ältere Mann auf der Rückbank.

Ohne den Blick von den rotierenden Kunststoffbürsten auf der Windschutzscheibe zu nehmen, antwortete der Fahrer: »Seit genau 172 Tagen, Sir.«

»Ahhh«, seufzte Zeysen. »Dann bleiben Ihnen ja nur noch wenige Tage.«

Der Fahrer lächelte höflich.

Für einen Moment schien er tatsächlich über den Sinn der Aussage nachzudenken, dann glitten seine Gedanken hinüber zu dem Polaroid, das unter dem Handschuhfach angebracht war, zu seiner Schwester und ihrer neugeborenen Tochter. Sie lebten zurzeit noch in Montreal, aber wenn er erst hier in Vancouver Fuß gefasst hatte, würde er sie holen und eine Wohnung für sie mieten. Mister Lazar zahlte großzügig, und die Zukunft versprach endlich etwas Glück.

Der Fahrer schaute in den Rückspiegel und sah, dass sein Gast ihn amüsiert beobachtete.

»Verraten Sie mir, woran Sie gerade denken?«,

fragte der Mann und korrigierte den Sitz seines Brillengestells.

»Entschuldigen Sie, Sir«, sagte der Fahrer rasch und richtete nervös den Sitz seiner Krawatte. »Ich musste nur an meine Familie denken.«

»Ah.«

»Meine Schwester ist alleinerziehend. Sie lebt von staatlicher Hilfe. Ich dachte gerade daran, dass ...« Er stockte. »Verzeihung, ich möchte Sie nicht mit privaten Sorgen langweilen.«

»Aber Sie langweilen mich keineswegs, mein Bester«, erwiderte Zeysen in durchaus glaubhaftem Tonfall. »Ganz im Gegenteil. Sie sind hervorragend konditioniert. Und das fasziniert mich.«

Ich bin was?, dachte der Fahrer und hatte es im selben Augenblick schon vergessen.

»Ihre alten Erinnerungen überlagern alles und greifen als einprogrammierte Verdrängungsmechanismen in ihre Assoziationsketten ein.«

»Meine was?« Er lächelte verwirrt. Dann fiel ihm seine Schwester wieder ein und ihr Baby. Er hatte versprochen, ihr für die Kleine einen Strampelanzug mit eingestickten Sonnenblumen-Motiven zu schicken. Den hatte sie kürzlich in einem Internet-Katalog entdeckt.

Nachdem die Rückstände ihrer Begegnung mit Beth Rubin beseitigt waren, setzte der Trocknungsvorgang ein. Das stete Brausen der Gebläsevorrichtung trieb Wassertropfen in hektischen Bahnen über Scheiben und Karosserie.

»Leider vertraut Mister Lazar den Eingriffen nicht so bedingungslos wie ich. Ihm fehlt der nötige Glaube. Er ist zu gierig, um zu vertrauen.« Der Mann auf der Rückbank rieb sich die bleichen Fingerknöchel.

»Schon bald werden Sie Ihre Kündigung erhalten. Sie werden nach ein paar Tagen die Stadt verlassen, nicht wissend wohin, nur um dann irgendwo auf einer einsamen Landstraße irgendwo in der Wildnis von einem Lastwagen überfahren zu werden oder einfach spurlos zu verschwinden ... Tragisch, aber so ist das Leben. Eine natürliche Auslese.«

Der Fahrer nickte, während sich die gehörten Worte bereits in der Schattenwelt seines Bewusstseins verloren.

Wenige Minuten später setzte die schwarz glänzende Limousine ihre Fahrt durch das nächtliche Vancouver fort.

Wolkenkratzer und Wohnblöcke rauschten in stetem Wechsel an seinem Fenster vorbei. Wann immer sie an einer roten Ampel hielten, starrten die Gesichter hinter den anderen Windschutzscheiben gedankenverloren in die Leere.

Wie wenig war diese Stadt bereit für das, was sie erwartete.

Victor Zeysen wusste, dass dies erst der Anfang war.

Als sie die private Auffahrt des Grundstücks in Richmond erreichten, kam eine Stimme aus der Gegensprechanlage vor dem Gittertor, begleitet von der aufmerksamen Linse einer Infrarotkamera.

Der Fahrer sagte ein paar Worte, dann öffnete sich das Tor. Der Wagen rollte den schmalen, von dunklen Bäumen und mannshohen Büschen umgebenen Kiesweg entlang. Er federte ein paarmal tief durch, als sie sich auf unebenem Untergrund dem festungsartigen Gebäude näherten, das in seiner Architektur an ein altenglisches Herrenhaus erinnerte.

Nachdem er ausgestiegen war, blickte sich Victor

Zeysen noch einmal um. Der umliegende Garten lag in tiefen Schatten versunken, doch ahnte er, was sich dort herumtrieb.

Lazar erwartete ihn wie immer im Kaminzimmer, einem mit Mahagoni vertäfelten Raum, der in seinen Ausmaßen einem opulenten Tanzsaal Konkurrenz machen konnte. An den Wänden waren ausgestopfte Hundeköpfe befestigt, eine Leidenschaft des Industriellen und passionierten Sammlers.

Lazar trug eine karierte Strickweste aus Tweedstoff, die wunderbar zu seinem aufgesetzten englischen Akzent passte. Victor Zeysen nahm nach einer kurzen Begrüßung im zweiten Sessel am Feuer Platz und unterzog seinen Gastgeber mit knappen Blicken einer gewissenhaften Prüfung. Lazar hatte getrunken, das verriet der feuchte Glanz in seinen Augen. Zudem war sein Hemd nicht wie sonst bis oben zugeknöpft, was darauf schließen ließ, dass er bis eben noch Damenbesuch hatte oder sich in einer ausgelassenen Stimmung befand. Beide Möglichkeiten verärgerten Zeysen. Entspannung bedeutete Nachlässigkeit, und Nachlässigkeit bedeutete Gefahr.

Jasper Lazar war um mindestens zwei Jahrzehnte jünger, gleichwohl gab er sich stets weltgewandt, mit einem Hang zu belehrender Überheblichkeit.

Victor Zeysen sah es ihm nach. Er brauchte ihn.

Noch.

»Schön, dass Sie es einrichten konnten, zu so fortgeschrittener Stunde«, sagte Lazar, und mit Blick auf einen runden Beistelltisch fügte er hinzu: »Sie trinken ja nicht, oder?«

»Nein.«

»Haben Sie auch die Zeitungen gelesen?«

Zeysen sagte nichts.

»Unsere – Freunde erregen in letzter Zeit etwas viel Aufmerksamkeit. Meinen Sie nicht auch, Victor?«

»Es geschieht, was geschehen muss.«

»Sie haben erstaunlich viel Vertrauen in unsere Verbündeten«, sagte Lazar und griff nach einem halbgefüllten Glas.

»Wollen Sie sich etwa beklagen?«

Lazar winkte ab. »Nein, nein. Aber wozu all diese Schlagzeilen? Mir gefällt das nicht.«

»Es sind Taten, die Welten aus den Angeln heben, nicht Worte«, entgegnete Zeysen.

»Aber das Risiko?«

»Es wird immer Menschen geben, die einen kurzen Blick hinter den Vorhang werfen. Aber glauben Sie mir, niemand nimmt die Vorfälle wirklich ernst.« Zeysen reinigte seine Brille am Hemdärmel, bevor er weitersprach. »Während ganz Vancouver nach Phantomen Ausschau hält, können wir in aller Ruhe operieren. Aber wollten wir uns nicht über etwas anderes unterhalten, Mr Lazar?«

»In der Tat. Die Ergebnisse der Experimente haben unsere Freunde mehr als zufriedengestellt.«

Victor Zeysen verspürte einen leichten Anflug von Enttäuschung. »Und das bedeutet?«

»Was weiß ich?«, lachte Lazar und leerte sein Glas. »Dass wir alle in Frieden weitertrinken können vielleicht.«

Zeysen rümpfte die Nase.

Ein unterschwelliger Geruch von Ammoniak hatte sich seit seinem Eintreffen im Raum ausgebreitet. Verwundert blickte sich Zeysen um.

Er konnte von seinem Platz aus nicht erkennen, was genau jenseits der Vitrinen vor sich ging, die in ungleichmäßigen Abständen im Raum verteilt standen.

Die Glasschränke bewahrten die Trophäen: groteske Verbindungen aus menschlichem und tierischem Erbgut, verkrümmte Gliedmaßen und Körperteile, ein Kopf ohne Sinnesorgane, glatt und nass wie ein Aal, daneben eine Schale mit Augen, aus denen Haarbüschel sprossen. Das Prunkstück war der gläserne Sarg, in dem sich noch immer etwas bewegte, eine fleischige Masse, deren Form und Substanz kaum noch menschlich zu nennen war.

Der hintere Teil des Kaminzimmers indes hatte eben noch im Dunkeln gelegen, doch in den Vitrinen spiegelte sich nicht länger nur der Schein des Feuers.

Die Tür zu einem Nebenraum stand jetzt auf.

Ausgehend von einem silbrig-grünen Metallgespinst, drang ein feines, kaum hörbares Surren daraus hervor. Die schimmernden Drähte formten eine Art Tor, das bis unter die Decke ragte, an die drei Meter im Durchmesser und in einem nicht fühlbaren Windhauch leise erzitternd. Zeysen schluckte und wartete. Die Aura der Unendlichkeit lauerte hinter dem Fahlgrün des Netzes.

»Sie haben eines von denen hier?«, fragte er ehrfurchtsvoll. Lazar schien ihn nicht länger zu hören, er starrte abwesend in die brennenden Holzscheite.

»Was ist mit den Kindern?«, erklang die jungenhafte Stimme aus den aschgrünen Schatten jenseits der Schaukästen.

Lazar rührte sich nicht. Als wäre er eingefroren.

»Sie sind für den Transport bereit«, antwortete Zeysen. Ein Gefühl uferloser Erhabenheit erfüllte seinen Geist.

»Gut«, klang es gedämpft und schwer unter der Atemmaske des Jungen hervor. »Vernichten Sie alle Spuren. Die Phase Fleisch neigt sich dem Ende zu.«

Dann erlosch der fremdartige Schimmer auf dem Glas der Vitrinen.

Auch das leise Summen erstarb.

Sie waren wieder allein.

Ruckartig löste Lazar den Blick seiner geröteten Augen von den Flammen. Er blinzelte kurz und schüttelte schläfrig den Kopf.

»Möchten Sie wirklich nichts trinken?«

»Nein«, sagte Victor Zeysen und stand auf. »Ich habe noch einen Termin.«

6

Mit dem morgendlichen Frühnebel trafen weitere Streifenwagen ein, die dem Polizeirevier in der Cambie Street neue Kundschaft bescherten. Am Abend zuvor hatte es ein Footballspiel der Lions im BC Place Stadium gegeben, woraufhin sich rivalisierende Fangruppen die halbe Nacht volltrunken quer durch Vancouver gejagt hatten.

Der Lärm und der Alkoholgestank auf dem Revier hatten auch vor den Räumen der Mordkommission nicht haltgemacht. Mehrere Putzeimer standen auf dem Gang, und noch immer verfluchte Inspektor Lubbers seine Dienstschicht, obwohl er zwei Korridore und eine geschlossene Bürotür vom lautstarken Treiben entfernt saß.

Sich selbst verfluchte er dafür, dass er erneut auf die Lions gewettet hatte.

Er war kein notorischer Spieler, aber sein bescheidenes Gehalt verlangte nach Maßnahmen abseits der regulären Einkünfte. Er war mit den Zahlungen für das Haus im Rückstand, und der Wagen war zum dritten Mal in diesem Jahr in der Reparatur. Lubbers konnte seine anhaltende Pechsträhne nicht fassen und fragte sich zum wiederholten Mal in den letzten Stunden, wann seine Frau bemerken würde, dass er die finanziellen Rücklagen für das Studium der Kinder geplündert hatte.

»Alles in Ordnung, Inspektor?«

»Natürlich.« Lubbers rieb sich müde die schmerzenden Augen. »War eine lange Nacht.« Dann widmete er sich wieder den fünf losen Seiten vor ihm auf dem Tisch und wandte sich schließlich dem glatzköpfigen Mann zu, der ihm gegenübersaß.

»Also, Mr Bakerman, ich bin mir nicht ganz sicher, womit wir Ihren Besuch verdient haben.«

Bakerman saß aufrecht, ohne seinen Mantel abgelegt zu haben. »Tun Sie einfach, worum ich Sie gebeten habe, Inspektor.«

»Wie Sie meinen. Dann fasse ich mal zusammen. Berichtigen Sie mich, wenn ich etwas falsch verstanden habe.«

»Nur zu.«

»Vorige Nacht ist eine gewisse Beth Rubin nicht zu einem vereinbarten Treffen erschienen, und wir sollen für Sie nun eine Fahndung einleiten?«

»Mrs Rubin hatte zudem Anweisung, sich alle vier Stunden telefonisch bei mir zu melden. Sie hat es leider versäumt und ist nicht erreichbar.«

»Anweisung, hm?!«

»So ist es, Inspektor«, sagte Bakerman.

»Ah ja. Verstehe. Mrs Rubin ist 43 Jahre alt, geboren in Ottawa, einmal geschieden und hält sich derzeit«, Lubbers zögerte, »geschäftlich in Vancouver auf. Ihres Zeichens ... äh ...« Lubbers blätterte kurz in den Seiten. »... Ihres Zeichens Regierungsbeamtin im Ministerium für Forschung und Wissenschaft und ...« Er machte eine fragende Geste.

»Und mehr müssen Sie nicht wissen, Inspektor«, entgegnete Bakerman.

»Schön, wie Sie wollen. Aber ich hatte Ihnen ja schon am Telefon gesagt, dass wir da nicht viel machen können. Mrs Rubin schläft vermutlich irgendwo ihren Rausch aus, nachdem sie sich gestern Nacht – wie halb Vancouver übrigens – nach der Niederlage der Lions betrunken hat.«

Der Inspektor lehnte sich zurück und steckte sich achselzuckend eine Zigarette an.

Bakerman betrachtete ihn mit versteinerter Miene. Dann griff er in seinen Mantel und holte einen hellbraunen Papierumschlag hervor. Er warf das Kuvert auf den Schreibtisch, wo es gegen einen Pappbecher stieß.

»Hey, mein Kaffee. Passen Sie doch auf!«, rief Lubbers verärgert.

»Ich denke eher, Sie sind derjenige, der von jetzt an erhöhte Aufmerksamkeit walten lassen sollte!«

»Was soll das heißen? Wollen Sie mir drohen?«

»Öffnen Sie den Umschlag!«

»Ich denke nicht dran.« Lubbers nahm einen Zug und blies kalten Rauch in Bakermans Richtung. »Unser Gespräch ist beendet«.

»Es ist zu Ihrem Besten, vertrauen Sie mir.«

Der Polizist kniff die Augen zusammen. »Als hätte ich sonst nichts zu tun«, murmelte er mürrisch, dann öffnete er den Umschlag. Und erblasste.

Das Kuvert enthielt zwei Fotos, aufgenommen mit einer Kamera der Verkehrskontrolle. Die Buchstaben und Ziffern am unteren Bildrand gaben Auskunft über Ort und Zeitpunkt der Aufnahme. Die Ausdrucke waren unscharf und grobkörnig, hastig vergrößerte Teilausschnitte des Ursprungsfotos.

»Wo …« Lubbers stockte für einen Moment, seine Kehle war trocken geworden. »Wo haben Sie die her?«

»Das sollten Sie am besten wissen, Inspektor«, erwiderte Bakerman kühl.

Lubbers sagte nichts. Er kannte die Fotos.

Erst vor wenigen Stunden hatte er Kopien davon in den Händen gehalten. Des ungeachtet jagten sie ihm erneut Schauer über den Rücken. Die Bilder zeigten eine schmale, in Dunkelheit liegende Gasse. Nur eine Straßenlaterne nahe den Mülltonnen spendete ein wenig Licht und erhellte das Gesicht der Frau, die, so schien es, durch die Luft flog.

Die Augen der Frau waren im Sturz vor Panik geweitet, über ihre rechte Wange zog sich ein klaffender Schnitt, der wie ein zweiter, schräg liegender Mund anmutete.

»Und was soll ich damit? Haben Sie die Bilder aus einem schlechten Film?« Mit übertriebenem Lachen versuchte Inspektor Lubbers seine wachsende Unruhe zu überspielen.

Diesmal war es Bakerman, der sich im Stuhl zurücklehnte und die Augen zu Schlitzen verengte. »Dann fasse *ich* mal zusammen, und *Sie* berichtigen mich, wenn ich etwas falsch verstanden habe, Inspektor.«

Lubbers zog nervös an seiner Zigarette.

»Sie mussten gestern Abend Ihren Dienst antreten, was Ihnen ganz und gar nicht passte. Immerhin haben Sie eine Dauerkarte für die BC Lions. Aber wenn Sie sich das Spiel schon nicht ansehen konnten, wollten Sie zumindest auf den Sieger wetten, was nicht das erste Mal war. Dummerweise haben Sie verloren, was ebenfalls nicht das erste Mal war. Zu allem Überfluss mussten Sie sich dann noch die Nacht über mit betrunkenen Randalierern herumärgern, die das halbe Polizeirevier auseinandergenommen haben. Aber dann …« Bakerman klatschte laut in die Hände. »Dann fällt Ihnen diese Fotoserie in die Hände, aufgenommen von einer Ihrer Überwachungskameras. Man erkennt nur wenige Details, aber Sie haben ja Zeit und vergrößern den hinteren Bildausschnitt – und Treffer!«

»Ich weiß nicht, wie Sie auf so was …«

Bakerman hob die Hand. »Und da es in den Nachrichten momentan von diesen mysteriösen Fliegenden Schatten, wie man sie nennt, nur so wimmelt, wollen Sie Ihren Teil vom Kuchen und bieten die Fotos der Zeitung an. Unter falschem Namen und für viel Geld. Können Sie mir noch folgen?«

Aus Lubbers' Gesicht war jetzt sämtliche Farbe gewichen, die Zigarette hatte er in seinem Kaffeebecher ertränkt. »Wie sind Sie an die Aufnahmen gekommen?«

»Sagen wir, mein Interesse an den Entführungen und Mordfällen der letzten Zeit hat mein Verhältnis zur Presse intensiviert.«

»Was wollen Sie von mir?«

»Diese Frau«, Bakerman deutete mit dem Finger auf das verzerrte Gesicht in der Gasse, »ist Beth Rubin.«

Lubbers zuckte zusammen, seine Überraschung wirkte echt. Unsicher beugte er sich langsam vor und drehte die Bilder auf dem Tisch in seine Richtung. »Und dieser Schatten? Meinen Sie, das ist …?«

Bakerman erhob sich und ging zur Tür. »Dummerweise haben Sie nur einen Ausschnitt vergrößern lassen. Um den Effekt zu steigern, wie ich vermute. Ich brauche die Negative. Sofort.«

»Was ist mit der Presse?«

»Konnte ich davon überzeugen, mit der Veröffentlichung zu warten, bis die Authentizität geprüft worden ist.«

»Dann kann ich davon ausgehen, dass diese Angelegenheit unter uns bleibt?«

Bakerman hatte die Bürotür bereits geöffnet. Er verharrte für einen Moment auf der Türschwelle. Aus einem Nebenzimmer tönte das Klingeln eines Telefons.

»Amtsmissbrauch, Unterschlagung von Beweismitteln, illegales Glücksspiel, Korruption, Falschaussage gegenüber einem Regierungsbeamten. Muss ich fortfahren?« Er wandte den Kopf und musterte Lubbers abschätzig.

»Ich besorge mir jetzt auch einen Kaffee. Wenn ich zurück bin, liegen die Negative für mich bereit. Ich erwarte Ihre uneingeschränkte Unterstützung. Haben wir uns verstanden, Inspektor?«

Der Polizist nickte und ließ den Blick sinken.

Joyce Kramer versuchte es erneut. Sie tippte auf der Tastatur die vereinbarte Zahlenkombination und wählte sich in das abgesicherte Netzwerk ein, über das sie und Bernard Cardieux sich wie abgesprochen in weniger als drei Minuten über den Stand der Ermittlungen austauschen wollten. Doch der Computer reagierte nicht wie gewohnt. Die Anzeige auf dem Monitor blieb unverändert wie ein Fernsehtestbild.

»Verdammter Mist«, fluchte Joyce vor sich hin, und ihre Worte verhallten in der leeren Lagerhalle. Es war auffallend kühl, selbst für einen Herbstmorgen wie diesen. Sie zog ihren Mantelkragen enger und rieb die geröteten Hände aneinander.

Sie war in der Nacht sämtliche Dienstprotokolle und Unterlagen durchgegangen, hatte alle Zugriffsrechte auf das Netzwerk kontrolliert und sich über die Aktivitäten der verbliebenen Mitglieder der Trudeau-Kommission in den vergangenen Wochen in Kenntnis gesetzt. Aber ihr war nichts Ungewöhnliches aufgefallen. Und das enttäuschte sie.

Stirnrunzelnd registrierte Joyce, dass ihr rechter

Ringfinger von einer feinen Blutkruste am Fingernagel umrandet war. Sie griff nach einem Taschentuch und ging in Gedanken noch einmal die wichtigsten Erkenntnisse der vergangenen Stunden durch.

Beth Rubin hatte von allen den engsten Kontakt zu Bakerman. Wenn außer ihm jemand Zugang zu vertraulichen Informationen über die Kommission besaß, dann Beth. Weder ihre Telefonliste noch ihre privaten Unternehmungen ließen auch nur ansatzweise darauf schließen, dass sie mit einer fremden Organisation in Verbindung stand. Sie war ledig und lebte wie Bakerman offenbar nur für den Job. Ihr einziges Hobby schien darin zu bestehen, jeden Donnerstag zum Bowlen zu gehen.

Lyle Floyd war mit seiner Praxis in Richmond gut ausgelastet und diente der Kommission eher als qualifizierter Ratgeber im medizinischen Bereich denn als operatives Mitglied. Er hatte eine Frau und drei Kinder, die alle noch zur Schule gingen. Joyce mochte den Arzt und seine ebenso trockenen wie konstruktiven Kommentare.

Und Bernard war Bernard. Manchmal bezweifelte sie sogar, dass Bakerman wusste, wie der Experte für Geheimkulte sich seinen Platz in der Kommission verschafft hatte. Bernards ausgeprägter Verfolgungswahn hatte ihn zu einer Verkörperung übertriebener Achtsamkeit werden lassen. Bernard lebte allein in einem kleinen Haus an der Küste. Soviel Joyce wusste, hatte er noch einen Sohn, der jedoch nach der Trennung von seiner Frau aus seinem Leben verschwunden war. In den letzten Monaten hatte sich Bernard vermehrt mit Überlieferungen aus dem Altertum beschäftigt, mit Götzenverehrungen und den dazugehörigen Ritualen. Seit jedoch die Gerüchte über fliegende Schatten in

Vancouver umgingen, hatte Bernard keinen Bericht mehr abgegeben. Das war bei ihm zwar nicht weiter verwunderlich, in diesem speziellen Fall jedoch aus der Sicht von Joyce mehr als hinderlich.

Blieb nur noch Santa Fe, der sich schon öfter mit dem Gedanken getragen hatte, die Trudeau-Kommission zu verlassen, offiziell, weil ihm in der Computerszene bereits der Ruf eines Regierungsspitzels vorauseilte. Man hatte ihm mehr als einmal aufgelauert, und mittlerweile war Santa Fe aus Angst vor weiteren Einschüchterungen schon so oft umgezogen, dass Joyce aufgehört hatte, sich über den aktuellen Stand seiner Unterkunft auf dem Laufenden zu halten. Immer wieder hatte der Computerspezialist Bakerman für die Drohbriefe und wachsenden Ängste in seinem Leben verantwortlich gemacht.

Joyce traute ihm nicht. Bakerman hatte sie gelehrt, niemandem zu vertrauen, doch ihr Misstrauen gegenüber Santa Fe war nicht aus dieser Lektion erwachsen.

»Verdammt«, fluchte sie und hämmerte mit der Faust auf die Tischplatte.

Es war nicht so, dass sie sich wünschte, einen ihrer Kollegen als Maulwurf zu entlarven. Eher fühlte sie sich verunsichert durch ihre Unfähigkeit, den Auftrag zu erfüllen. Sie wusste, dass Menschenleben von ihrem Erfolg abhingen.

»Joyce? Hören Sie mich?«

Sie blickte auf.

Das Testbild auf dem Monitor war fort, ersetzt vom Gesicht eines grauhaarigen Mannes.

Bernard Cardieux hatte tiefe Ringe unter den Augen. Er wirkte erschöpft und aufgewühlt. »Was ist los mit Ihnen? Ich versuche es schon seit zehn Minuten!«, rief er aufgebracht. Seine Stimme klang verzerrt, metallener als sonst.

Ein Hintergrundgeräusch ließ Joyce aufhorchen. Cardieux war nicht zu Hause.

»Es gab Probleme mit der Technik. Wo sind Sie, Bernard?«

»Unterwegs.«

»Das sehe ich. Geht es auch genauer?«

Bernard Cardieux zögerte mit der Antwort, blickte nervös über seine Schulter und rückte dann näher an die Kamera heran.

»Bakerman hatte mich gebeten, der Spur dieser geflügelten Kreaturen zu folgen, sollte es sie tatsächlich geben.« Seine Stimme war heiser, und er sah aus, als hätte er drei Nächte in Folge nicht geschlafen. »Ich glaube, ich habe etwas gefunden.«

Das Bild wackelte, und Joyce erkannte Teile der Räumlichkeiten.

»Sitzen Sie in einem Zug?«

»Unwichtig.«

»Ich bezweifle, dass Bakerman in diesem Punkt Ihre Meinung teilt.«

»Ich bin auf dem Weg ins Yukon-Territorium«, flüsterte Cardieux.

»Wie bitte …?« Das Yukon-Territorium lag im Nordwesten Kanadas, an der Grenze zu Alaska. Es war ein unwirtliches Land, kaum besiedelt und zu Beginn des 19. Jahrhunderts von der Hudson's Bay Company für Handelsaktivitäten, hauptsächlich Fellhandel, erschlossen worden. Später im Zuge des Goldrauschs am Klondike River war die endlos scheinende Wildnis zu weltweiter Berühmtheit gelangt, doch die Zeiten waren lange vorbei. Was hoffte Bernard dort zu finden?

»Warum?« war alles, was Joyce herausbrachte.

»Ich fahre nach Eden Creek«, antwortete Cardieux mit unterdrückter Stimme, und Joyce bemerkte, dass er schon im nächsten Augenblick bereute, sein Ziel genannt zu haben.

»Wann werden Sie zurück sein, Bernard?«

Wie sollte sie ihn oder die anderen im Auge behalten, wenn sich die Kommission in alle Himmelsrichtungen zerstreute?

»Das weiß ich noch nicht. Hören Sie, Joyce, ich habe Dinge entdeckt. Seltsame – Zusammenhänge, über die ich jetzt – nicht – kann – Wer mithören könnte –«

»Bernard? Ich kann Sie kaum verstehen.«

Eden Creek im Yukon?, dachte sie. Etwas stimmt hier nicht.

Joyce schüttelte den Kopf. Es fuhr überhaupt kein Zug so weit in den Norden! Aber von wo meldete Bernard sich dann? Und warum korrigierte er sie nicht? Glaubte er, man würde das Gespräch abhören?

Oder hatte er etwas zu verbergen? Vor ihr?

Das Gesicht von Bernard Cardieux schob sich noch näher an die Kamera heran. »– ist Vancouver womöglich nur der Anfang –« Schon füllten fast nur noch seine Augen den Flachbildschirm vor Joyce Kramer. Sie sah ein aufgeplatztes Äderchen unter seinem linken Augenlid.

»Sobald ich – werde Sie und Bakerma – fenden halten – melde mich aus –« Das Gesicht des Mannes begann zu flackern.

»Das ist nicht die Zeit für Soloaktionen! Hören Sie mich?«

»– vorsichtig – schreckliche Vermutung – ich –«

»Bernard?! Die Verbindung reißt ab!«

Dann wurde das Bild schwarz.

Joyce Kramer umkreiste den Tisch, auf dem die vier Monitore in einer Reihe aufgestellt waren. Seit einer halben Stunde versuchte sie nun schon, einen Sinn in das rätselhafte Gespräch mit Bernard Cardieux und den Abbruch der Verbindung zu bringen.

Sie musste ihre Gedanken ordnen und die vorhandenen Puzzleteile zusammenfügen. Bakerman verlangte rasche und eindeutige Ergebnisse, bevor es zu weiteren Todesfällen kam.

Kinder verschwanden aus Vancouver.

Kinder ohne Familien.

Bakerman musste noch mehr wissen oder ahnen, sonst hätte er nicht Carl auf die Sache angesetzt. Aber dann wurde Carl während der Ermittlungen getötet. So wie andere Mitglieder der Trudeau-Kommission zuvor. Drei Tote in einer Woche.

Jemand musste folglich Zugang zu den geheimen Informationen und Aufträgen haben und sie weitergeben. Nur wer?

Joyce lief die Zeit davon.

Beth Rubin war nicht zu erreichen. Bernard Cardieux hatte sich unter widersprüchlichen Angaben ins Yukon-Territorium verabschiedet. Blieben nur noch Santa Fe und Lyle Floyd.

Sie versuchte es zuerst mit Lyle.

Der Mediziner war in seiner Praxis, als er das Gespräch entgegennahm. Er entließ seine Assistentin mit einer scherzhaften Bemerkung in den Nebenraum, dann wurde er schlagartig ernst. »Der Arzt aus dem Children's Hospital ist nach wie vor nicht auffindbar. Nicht mal seine Familie hat von ihm gehört. Entweder ist der Bursche untergetaucht oder … na ja.«

»Verstehe. Waren Sie noch mal persönlich im Krankenhaus? Haben Sie eine Ahnung, was Carl dort gesehen oder gefunden haben könnte?«

»Das ist eine Sackgasse, Joyce. Alles, was Carl wusste, war, dass dieser Arzt wichtige Informationen an die Kommission weitergeben wollte.«

»Sind Sie da absolut sicher, Lyle?«

Der Mediziner hob entschuldigend die Hände. »Das ist alles, was ich herausfinden konnte.«

Joyce griff nach der Tüte neben dem Monitor. Sie hatte sich auf dem Weg in die Lagerhalle zwei Blaubeer-Bagel mit Frischkäse gekauft und sie völlig vergessen. Ihr Magen dankte es ihr grollend.

»Was ist mit diesem Obdachlosen aus dem VanDusen Botanical Garden, den die Polizei in Gewahrsam genommen hat?«, fragte sie mit halbvollem Mund.

»Der Psychologe, der ihn betreut, ist zufälligerweise ein Schulfreund von mir. Ich habe ihm gestern Abend noch einen Besuch abgestattet. Der Zeuge lebt seit drei Jahren auf der Straße, ist nicht vorbestraft, auch nicht drogenabhängig oder dergleichen. Na ja, den Rest haben Sie wohl auf dem Video gesehen.«

»Was für ein Video?«

»Na, das habe ich doch gestern Abend geschickt.«

»Moment!« Joyce prüfte die Datenbank, aber von Lyle Floyd war in den letzten zwölf Stunden keine Nachricht eingegangen.

»Tut mir leid, hier ist nichts angekommen«, sagte sie.

»Dann haben Sie es hier noch mal …«, murmelte der Mediziner und strich sich mehrmals den Scheitel glatt, während seine Hände über eine Tastatur huschten. »So – und jetzt?«

Der Computer bestätigte den Eingang der Mediendatei.

»Setzen Sie sich lieber«, sagte Floyd.

Die Aufzeichnung zeigte einen kahlen Raum, in dessen Mitte eine metallene Trage stand. Ein älterer Mann war am ganzen Körper mit Lederriemen fixiert worden, nur sein Kopf zuckte spastisch, obwohl eine Fessel eng um die Stirn geschnallt war.

Joyce schluckte den letzten Bissen hinunter. Ihr war schlecht geworden, kaum dass sie den gehetzten Blick des Mannes wahrgenommen hatte.

»… es kommt …!«, schrie er immer wieder. »… es kommt …«

Sie drehte die Lautstärke des Videos herunter und stemmte sich gegen ihre aufkeimende Panik. Diese Bilder waren ihr nicht fremd. Sie kannte sie von früher. Doch damals war sie nicht Betrachterin gewesen.

Ein Mann in weißem Kittel trat an die Trage heran und setzte ihm eine Spritze an eine Ader in der linken Armbeuge. »Erzählen Sie uns: Was haben Sie gesehen?« Seine Stimme klang betont einfühlsam, so als rede er mit einem Kleinkind.

»… es kam aus der Nacht. Aus der Dunkelheit … und es hat mich gesehen …« Die Pupillen des Mannes drehten sich im Kreis.

Der Arzt tupfte ihm den Speichel vom Kinn. »So so, einer dieser fliegenden Schatten, hm?«

»Nein, kein Schatten!«, kreischte der Mann. »Es war mehr als das! Viel mehr …«

Joyce starrte wie gebannt auf den Monitor.

Ihre Hände hatten zu zittern begonnen.

»… es roch nach Tod … und hat alles verschlungen … alles Licht … alles …« Seine Stimme versiegte zu einem gepressten Wimmern. »… Flügel und Schwärze … und Hunger … Hunger … nach …«

»Nach was?«, erkundigte sich der Arzt geduldig.

Aber der Mann sagte nichts mehr. Er weinte.

Dann stoppte das Bild.

Joyce spürte ihren beschleunigten Herzschlag.

»Und das Traurige an der Sache ...«, sagte Lyle nach einer Weile. »Der Arme wird seine Aussage wohl kaum vervollständigen können.«

»Wie darf ich das verstehen?«

»Er hat sich keine zwei Stunden nach dieser Aufzeichnung in seiner Zelle erhängt.«

»Aber er war doch fixiert«, sagte Joyce mehr zu sich selbst.

Der vierte Monitor flimmerte auf.

Es war Santa Fe, der mit Baseballkappe und hellgrünem Wollschal in einem abgedunkelten Raum saß.

»Danke, Lyle. Ich nehme an, Sie haben zu tun.«

Der Arzt verabschiedete sich aus der Leitung.

Santa Fe kommentierte den zügigen Abschied Floyds mit einem breiten Grinsen. »Na, sind Ihnen wieder die Pillen ausgegangen?«

Joyce atmete tief durch und versuchte, das Gesicht des Obdachlosen aus ihrem Kopf zu verbannen. »Haben Sie was für mich?«

»Kommt drauf an, worauf Sie stehen!«

»Zumindest nicht auf kleine Jungs.«

Der Hacker lachte schallend, wobei sich seine Stimme hell überschlug. »Sie sind ein harter Brocken, Joyce Kramer, aber eines Tages werden Sie mir aus der Hand fressen.«

»Also?«

Wie zur Antwort schaltete sich der Laserdrucker unter dem Tisch ein.

»Bakerman hat mir vor zwanzig Minuten mehrere Bilddateien zugeschickt«, sagte Santa Fe nun in einem professionelleren Tonfall. »Ich konnte die gewünschten Bereiche extrahieren und digital nachzeichnen. Das Ergebnis sollte gleich bei Ihnen sein.«

Joyce griff nach dem Ausdruck. Die Seite war in vier Kästchen unterteilt, in denen sich wie mit einem Kamerazoom das Bild immer weiter vergrößerte und auf einen speziellen Ausschnitt fokussierte.

»Ich weiß«, kam es entschuldigend aus dem Lautsprecher. »Die Qualität ist miserabel. Stammt aus einer dieser Straßenverkehrsüberwachungskameras, Sie wissen schon.«

Auf dem Foto war eine schwarze Limousine mit getönten Scheiben zu erkennen. In der heruntergekommenen Seitenstraße mit den überfüllten Mülltonnen und Lüftungen, aus denen grauer Qualm stieg, wirkte die Nobelkarosse wie ein Fremdkörper.

»Ich verstehe nicht ganz, was ist das für ein Wagen?«

Santa Fe schien von der Frage leicht verunsichert zu sein. Eine Reaktion, die sie von ihm nicht gewohnt war.

»Na ja, ich habe das Gesicht von Beth rausgeschnitten, weil ich dachte … Also, das muss man sich ja nicht immer wieder antun.«

Joyce stockte der Atem. »Von Beth? Beth Rubin?«

»Verdammt! Sie wissen es noch gar nicht?!«

Das Water Street Café nahe dem Granville Square war in einem der wenigen Gebäude untergebracht, die dem großen Feuer von 1886 entkommen waren. Es war bekannt für seine exquisite Pasta und frischen Meeresfrüchte und jeden Tag gut besucht.

Bakerman saß an einem der leeren Straßentische vor der kleinen Fensterfront. Der Kellner servierte ihm die heiße Krabbensuppe mit einer tiefen Verbeugung. »Wer bei diesen Temperaturen draußen speist, muss damit rechnen, festzufrieren.«

»Meinen Sie, das beschert Ihnen ein höheres Trinkgeld?«

»Vielleicht«, schmunzelte der junge Mann.

»Darauf würde ich mich nicht verlassen«, sagte Bakerman, während bereits sein Handy klingelte. Der Kellner verschwand wieder im Café.

»Ja?«

»Beth ist tot?«, kam es aus dem Hörer.

»Joyce?«

»Seit wann wissen Sie davon?«

»Noch nicht lange«, sagte Bakerman ohne merkliche Regung. »Haben Sie was für mich?«

Für einen Moment herrschte Schweigen am anderen Ende.

»Wir haben eine Spur«, hörte er schließlich Joyce Kramers Stimme gegen die Geräuschkulisse der Straße.

»Dann konnte Santa Fe also das Nummernschild der Limousine scharfzeichnen?«

»Die Plakette war mit einer ausfahrbaren Metallplatte abgedeckt worden«, erwiderte Joyce.

»Interessant. Klingt nach organisiertem Verbrechen.«

»Zumindest nach geplantem.«

Bakerman blickte einem Krankenwagen nach, der mit überhöhter Geschwindigkeit die Kreuzung überquerte und hinter der nächsten Ampel mit quietschenden Reifen abbog.

»Also haben wir keine Spur?«

»Im Gegenteil«, sagte Joyce. »Santa Fe konnte uns die Bilder weiterer Verkehrskameras besorgen. An der übernächsten Kreuzung wurden wir fündig. Da war das Nummernschild wieder frei und deutlich zu erkennen. Da wollte jemand wohl nicht das Risiko eingehen, von einer Polizeistreife angehalten zu werden.«

»Und wem gehört der Wagen?«

»Einem Immobilienmakler und Großindustriellen: Jasper Lazar. Ich habe seine Adresse hier vor mir liegen.«

»Gut. Schauen Sie sich da mal um.«

»Und unser anderes Problem?«

Bakerman rührte nachdenklich in der Suppe. »Darum werde ich mich kümmern.«

7

Steven hatte niemals das Geheimnis lüften können, wie man es schaffte, ein Frühstücksei weder zu hart noch zu weich zu kochen. Sein Löffel versank im flüssigen Eigelb. Misslaunig griff er zum Salzstreuer.

Nach Tagen schien endlich wieder die Sonne über Vancouver. Ein meerblauer Himmel, so weit das Auge reichte.

Aber selbst das vermochte seine Stimmung nicht zu heben. Steven musste immer wieder an Martha Abrahams denken, wie sie in ihrem Hochzeitskleid am Rand des Schwimmbeckens gestanden hatte.

Er wünschte sich, er hätte niemals auf Sonny gehört. Vor allem wünschte er sich, die Begegnung mit der trauernden Witwe von Carl Abrahams hätte niemals stattgefunden. Er hatte genügend eigene Sorgen.

Als das Telefon klingelte, ahnte Steven gleich, wer dran war. Das polternde Lachen am anderen Ende der Leitung ließ ihn einen Sicherheitsabstand zwischen Hörer und Ohr halten.

»Steven, altes Haus, schon dein Rendezvous mit unserer süßen Informantin gehabt?«

Steven erwog für einen Moment, einfach aufzulegen. Er war nicht in Plauderlaune und erst recht nicht empfänglich für Sonnys unbekümmerten Umgang mit ernsten Themen. Stattdessen sagte er ruhig: »Hör zu, Sonny. Das Ganze ist keine gute Idee. Die Frau braucht professionelle Hilfe.«

»Aber genau die wird sie von uns bekommen, Stevie«, kam es fröhlich zurück. »Wir helfen ihr, den Mörder ihres Mannes zu finden. Sie kriegt ihren inneren Frieden und wir eine Story.«

»Ich dachte eher an einen Arzt. Martha Abrahams ist komplett durch–« Steven stockte. Es fiel ihm schwer, abfällig oder gar teilnahmslos über die alte Frau zu reden. Da war etwas in ihrem Blick gewesen, in ihren Worten, eine Mischung aus Trauer und Schuld. Eine Mischung, die er nur allzu gut kannte.

»Sie ist was?«, erkundigte sich Sonny Heseltine schmatzend.

Steven stellte sich vor, wie kross gebratene Putenbruststücke den Schreibtisch seines Verlegers in Form eines Dollarzeichens zierten.

»Leicht verwirrt«, sagte er schließlich. »Vielleicht ist die Sache bei der Polizei doch besser aufgehoben.«

»Jetzt hör mir mal gut zu, Steven. Ich verstehe ja, dass du deine Bedenken hast, im Privatleben dieser Leute herumzustöbern, aber wenn *du* es nicht tust, dann tut es jemand anders.«

Sonnys Stimme hatte einen väterlichen Tonfall angenommen. Steven kannte die Masche. Wie schon oft war er sich nicht sicher, ob Sonny es ehrlich meinte oder nur auf der Klaviatur einstudierter Überzeugungsmethoden spielte.

»Du machst dir Sorgen um diese Mrs Abrahams. Die Frau ist alt und durcheinander. Marthas beste Chance sind wir. Und sie ist unsere. Also bleib am Ball. Für die gute Sache.«

»Ist das der neue Kosename für dein Bankkonto, Sonny?«, fragte Steven schroff.

Einen Moment herrschte Schweigen in der Leitung.

»Ich denke, es wäre auch eine gute Chance für dich. Und dabei denke ich nicht an Geld.« Ohne ein weiteres Wort legte Sonny Heseltine auf.

Steven Burns irrte eine halbe Stunde ziellos durch seine Zwei-Zimmer-Wohnung, dann zog er seinen Mantel an.

Im Treppenhaus begegnete ihm seine Nachbarin Mrs Kasprowicz. Mit Eimer und Wischmopp bewaffnet stellte sie sich ihm breitbeinig entgegen.

»Burns! Raten Sie mal, was ich hier mache?«

Steven zwang sich zu einem Lächeln. »Sie – wohnen hier?«

Mrs Kasprowicz stampfte empört mit dem Mopp auf die dreckigen Fliesen. »Wann haben Sie das letzte Mal auf den Putzplan geschaut?«

»So was gibt es?«

»Sieht Ihnen ähnlich! Er hängt unten bei der Haustür. Und Sie sind diese Woche dran!«

»Das ist ja schön und gut, aber ich bin wirklich sehr in Eile«, wehrte Steven ab und zwängte sich durch den Spalt zwischen der beleibten Frau und der Wand.

»He, Burns! Ich melde Sie der Hausverwaltung, wenn hier nicht bis Ende der Woche alles blitzt und funkelt!«

»Schon klar«, rief Steven und trat hinaus auf die Straße, wo das Gezeter von Mrs Kasprowicz sofort im Verkehrslärm des Kingsway unterging.

Er zog die Tür ins Schloss und lief zu seinem Taxi. Hinter dem rechten Scheibenwischer steckte ein Werbeflyer. In knallroten Buchstaben sprangen ihm die Schlagworte FLUCHT! RETTUNG! SEGEN! ins Auge. Es war eine Einladung zum Gottesdienst einer neugegründeten Glaubensgemeinschaft im Stadtteil New Westminster. Unter der Schrift war die Abbildung eines Gekreuzigten zu sehen. Nur dass der Mann am Kreuz einen Pferdefuß besaß und mit dem Kopf nach unten hing.

»Alles Irre!« Er warf den zerknüllten Flyer achtlos auf die Straße. Dann setzte er sich hinter das Steuer und startete den Motor.

Er hatte Funk und Taxameter ausgestellt und ließ sich mit dem Verkehr durch die dichtbefahrenen Straßen treiben. Noch immer strahlte der sonnige Himmel über der Skyline und den fernen Gebirgszügen.

Sein Weg führte ihn nach Chinatown.

Farbenprächtige Tore an den Straßenkreuzungen markierten den Übergang in die asiatisch-exotische Zwischenwelt, ein Konglomerat aus unterschiedlichsten Kulturen und Traditionen. Auf den Straßenschildern standen unter den englischen Namen chinesische Schriftzeichen. Vor den zahllosen kleinen Läden und Teestuben herrschte ein einzigartiges Sprachengewirr unter Einheimischen und Touristen.

Steven hielt am Straßenrand und kaufte von einem Jungen kandierte Früchte an einem Holzspieß. Der Junge dankte ihm auf Chinesisch.

Steven mochte die ethnische Vielschichtigkeit der Stadt, anders als viele seiner Mitbürger. Vancouvers Chinatown galt nach dem in San Francisco als das größte in ganz Nordamerika. Die Stadt hatte durch die Wiedereingliederung Hongkongs in China im Jahr 1997 einen beachtlichen Zuwachs in der chinesischstämmigen Bevölkerung verzeichnet und trug mittlerweile den Spitznamen »Hongcouver«. Der Grund für die hohe Kriminalitätsrate wurde von politischen Gruppierungen immer wieder gerne auf die vielen

Einwanderer geschoben. Für Steven waren das ebenso leere Floskeln und Parolen wie die auf dem Satanistenflyer, den er zuvor in die Gosse befördert hatte.

Während der Wagen durch Vancouver fuhr, kehrten Stevens Gedanken immer wieder zu Martha Abrahams zurück.

Und zu Sonny Heseltine.

Vielleicht hatte Sonny doch recht.

»Murphy würde mich töten. Keine Polizei!«, hatte die alte Frau gefleht. »Murphys Pfandleihe, ich habe dort Dinge gesehen.«

Möglicherweise hatte sich ihr Verstand nach dem bestialischen Mord an ihrem Mann aus purem Selbstschutz verabschiedet, dachte Steven. Er selbst kannte den schmalen Grat zwischen Wahrheit und Wahnsinn. Doch was, wenn Martha Abrahams klarer sah, als sie es ihm hatte vermitteln können?

Steven Burns lenkte den Wagen in eine freie Parkbucht vor einem Kamerageschäft und schaltete den Funk wieder ein.

»Mr Popescu? Hier Wagen 26.«

Die Antwort des Rumänen war wie erwartet: »Burns? Was wollen Sie denn um diese Zeit?«

»Ich bräuchte eine Adresse. Murphys Pfandleihe.«

»Bin ich etwa die Auskunft?«, schimpfte sein Chef grimmig.

Einige Stunden später, nach Ablauf der Schicht, die ihm Popescu spontan aufgedrängt hatte, brachte Steven Burns das Taxi am Stadtrand von Vancouver zum Stehen.

Murphys Pfandleihe lag in einer nicht gerade pittoresken Wohngegend. Es gab auffallend wenig Bäume und Grün, dafür umso mehr farblose Behausungen, in deren Vorgärten sich der Müll stapelte. An einen der Gartenzäune war das rostige Gerippe eines Fahrrades gekettet.

Steven stieg aus und warf einen Blick auf die an der Tür der Pfandleihe angeschlagenen Öffnungszeiten. Dann drückte er die Klinke. Nichts tat sich. Entgegen den Angaben auf dem gelben Schild war die Pfandleihe geschlossen.

Neugierig trat er an das vergitterte Schaufenster heran. Trübes Milchglas verhinderte den Blick ins Innere des Geschäfts.

An der Straßenkreuzung stand eine Gruppe Jugendlicher, die sich die Zeit mit kleinen Kunststücken vertrieben. Während einer der Jungen eine Bierflasche auf der Stirn balancierte, klatschten die anderen anfeuernd im Takt.

»He, wisst ihr zufällig, warum der Laden geschlossen hat?«, rief Steven ihnen zu.

Sofort verstummte das Klatschen. Der Kleinste der Gruppe sagte etwas zu seinen Freunden, und alle lachten.

»Die Pfandleihe müsste eigentlich geöffnet haben«, versuchte Steven es erneut, als die sechs Jungen einen Halbkreis um ihn bildeten.

»Was willst du denn da?«, feixte der Kleine.

»Na, was wohl«, erwiderte Steven, dem nicht entging, dass die anderen ihn gründlich musterten, vermutlich auf der Suche nach einer Brieftasche oder einer Armbanduhr. »Also wisst ihr nun, wo Murphy steckt, oder wisst ihr es nicht?«

»Hm, Antworten kosten aber was«, sagte der Junge und jonglierte dabei mit drei faustgroßen Kieselsteinen.

»Vergiss es, Kleiner.«

Steven bereute seine Forschheit, als er bemerkte, dass die anderen Jungen Klappmesser aus ihren Taschen gezogen hatten.

»Der Preis hat sich soeben verdoppelt«, lachte einer von ihnen.

Steven fühlte, wie Angst und Wut in ihm aufstiegen. Diese Halbstarken wollten ihn tatsächlich einschüchtern, und er musste zugeben, dass die gezückten Messerklingen ihre Wirkung nicht verfehlten.

Die Jungen drängten ihn langsam zurück gegen die Hauswand.

Steven verschaffte sich einen letzten Überblick. Die Straße war wie ausgestorben. Obwohl …

Auf der gegenüberliegenden Seite stand ein Mann und beobachtete sie unverhohlen.

Er wirkte etwas jünger als Steven und war ganz in Weiß gekleidet. Er trug eine helle Wollmütze und eine Brille mit kreisrunden Gläsern, hinter denen die eng beieinanderliegenden Augen selbst aus der Entfernung hellgrün zu schimmern schienen.

Als sich ihre Blicke trafen, ging ein Ruck durch den ungewöhnlich blassen Fremden, und er überquerte die Straße.

»Na, seid ihr auch Straßenkünstler?«, rief er mit erstaunlich sonorer Stimme.

Im nächsten Moment erkannte Steven, dass nicht er, sondern eine pechschwarze Puppe gesprochen hatte, die der Mann unter seiner weißen Sportjacke hervorgeholt hatte.

Die Jungen schauten sich unschlüssig nach ihrem Anführer um. Der Kleine hatte aufgehört, mit den Steinen zu jonglieren. Offenbar schätzt er die Lage ab, dachte Steven.

Keines der Messer war wieder eingeklappt worden,

doch der Mann schien sich gar nicht dafür zu interessieren.

»Ich bin Charlie und das ist Chap«, sagte er, jetzt mit hellerer Stimme.

»Verzieh dich, wir brauchen kein Publikum«, zischte der Kleine.

»Ach, so ist das«, sagte die Puppe.

Dann setzten die Sirenen ein.

»Scheiße, die Cops!«, rief einer.

»Weg hier!«

Ehe Steven wusste, wie ihm geschah, waren sie schon außer Sichtweite.

»Die Polizei, dein Freund und Helfer«, murmelte Chap amüsiert und reichte ihm die schwarze Holzhand.

Steven runzelte fragend die Stirn, dann griff er zu und schüttelte sie.

Charlie lächelte schweigend, und das Geheul der Polizeisirenen verstummte so plötzlich, wie es losgegangen war.

»Sagen Sie bloß, das waren Sie?« Steven sah sich um. Weit und breit keine Spur von einem Polizeiwagen. »Das war täuschend echt! Unglaublich!«

Die Puppe lachte, dann verschwand sie wieder unter der Jacke.

»Sie sind wirklich begabt«, sagte Steven. »Sie sollten irgendwo auftreten.«

»Ja, vielleicht.«

»Ich bin Steven Burns.«

»Angenehm«, sagte Charlie und stellte sich ebenfalls vor. Mit einem Kopfnicken in Richtung Ladentür fügte er hinzu: »Wollen Sie etwa auch in die Pfandleihe?«

»Eigentlich schon, aber sie ist geschlossen. Entweder

laufen die Geschäfte zu gut oder zu schlecht.« Steven gefiel der getönte Blick des kreidebleichen Mannes nicht, der ihn noch immer lächelnd fixierte. Er beschloss, Murphys Pfandleihe ein andermal aufzusuchen. »Also dann, danke noch mal und alles Gute.«

»Warum nicht einen Blick riskieren?«, hörte Steven eine Stimme, als er zurück zum Taxi ging.

Er war sich nicht sicher, ob es Charlie oder die Bauchrednerpuppe gewesen war. Als er sich umdrehte, stand der blasse Mann auf der Türschwelle zur Pfandleihe.

»Offen«, sagte er, und seine Mundwinkel zuckten belustigt.

Murphys Pfandleihe war ein unsortiertes Sammelsurium aus den absonderlichsten Gebrauchsgegenständen: von Werkzeugen und Autofelgen bis hin zu Porzellangeschirr und mottenzerfressenen Lampenschirmen.

»Hallo?«, rief Steven.

Keine Antwort.

Er blickte zu Charlie, der, wie es schien, leise mit seiner Puppe sprach. »Und die Tür war wirklich offen?«

»Wie bitte?«

»Als ich es eben versucht habe, war sie abgeschlossen.«

»Vermutlich hat sie nur geklemmt«, antwortete der junge Mann.

»Ja, vermutlich …«

Charlie zuckte mit den Schultern, wandte sich ab und schlenderte ziellos zwischen den Regalen umher, bis er schließlich seine ungeteilte Aufmerksamkeit einem antiken Handspiegel widmete.

Aber Steven wurde das Gefühl nicht los, dass ihn der mutmaßliche Straßenkünstler aus den Augenwinkeln beobachtete. Dessen ungeachtet beschloss er, sich ebenfalls in Ruhe umzusehen. Durch die trüben Scheiben des Schaufensters drang kaum Tageslicht, und das wilde Durcheinander in den Regalen ließ Steven schnell am Geschäftssinn des Inhabers zweifeln. Aus einer Ecke hinter dem Tresen drang der schwere Geruch von Motoröl.

Was hatte Martha Abrahams hierhergetrieben?

Ein Fliegenfänger baumelte über dem Verkaufstresen von der Decke, mehrere Dutzend der unwillkommenen Insekten hatten auf dem Leimstreifen bereits ihr Ende gefunden. Vor dem Durchgang hinter dem Tresen hing ein dicker Wollvorhang.

»Und wo steckt der Chef des Ladens jetzt?«

Steven strich sich mit der Hand über seine Bartstoppeln. Er wurde das Gefühl nicht los, dass sein Gegenüber ihm etwas verheimlichte.

»Was suchen Sie eigentlich hier, wenn man fragen darf?«

Charlie lächelte und verschwand wortlos hinter einem mannshohen Kleiderständer.

Steven umrundete den Verkaufstresen. Der Griff eines Baseballschlägers ragte aus einem Fach unter der Kasse. Der Boden klebte, als wäre zähflüssiger Sirup vergossen worden.

Steven legte einen Finger an den Vorhang und zog den Stoff beiseite. Ein dunkler Flur. »Hallo? Mr Murphy?«

Dann hörte Steven den Schrei.

8

Der Regen war nicht sehr stark, hielt aber dennoch die Bewohner des Stadtteils Richmond von den Fußwegen und Gärten fern. Diejenigen, die zu dieser Stunde von der Arbeit kamen, fuhren zügig ihre Einfahrten hinauf und hasteten dann über Pfützen und nasse Steine hinweg zu ihren Haustüren. Hinter den Fenstern brannte Licht.

Fast neidisch beobachtete Joyce Kramer die Silhouetten der Menschen hinter den Glasscheiben – wie sie sich begrüßten, gemeinsam kochten oder einfach dastanden und sich lautlos unterhielten.

In den Wohnzimmern liefen die Fernseher und sendeten neueste Bilder und Kommentare zu den anstehenden Wahlen in Alberta und über das erschütternde Fährunglück in der Hudson Bay, nicht zu vergessen die Spiele der kanadischen Football-Liga.

Die Nachricht indes, der Joyce die größte Aufmerksamkeit beimaß, wurde von den Bewohnern Vancouvers vermutlich nur beiläufig wahrgenommen. Obgleich befremdlich und verstörend, war es doch zu weit abseits des normalen Alltags und dadurch zu unglaubwürdig, um besorgte Betroffenheit oder gar Panik auszulösen. Vancouvers lokaler Fernsehsender Global BC hatte erneut von unheimlichen Erscheinungen in der Stadt berichtet, den sogenannten Fliegenden Schatten, aber selbst die Nachrichtensprecherin schien von ihren eigenen Worten nicht überzeugt.

Joyce stand unter einer Straßenlaterne, die sich nicht eingeschaltet hatte, und der feine Regen verwischte die Konturen der Welt um sie herum. Sie trug dunkle, wetterfeste Kleidung und einen schlichten Regenschirm. Ein Beobachter hätte wohl vermutet, dass sie auf jemanden wartete. Auf ein Taxi oder ihren Freund.

An der Laterne klebte die Werbung eines Reiseveranstalters. Joyce kannte das Unternehmen, erhielt sie doch monatlich eine Sendung per Post. Sie war die beste Kundin, auch wenn sie noch nie mit einer der Maschinen geflogen war.

Das Einschreiben beinhaltete stets das gleiche Flugticket nach Alaska, zurück in ihre Heimat. One way.

Sie erzählte niemandem davon, erst recht nicht Bakerman. Jedes Mal, wenn der Brief kam, wurde sie aufs Neue in Versuchung geführt. Und jedes Mal nahm sie sich eine Viertelstunde Zeit, setzte sich an den Küchentisch oder auf ihr Bett. Dann las sie mit lauter Stimme das Abflugdatum und fragte sich, warum sie es nicht tun sollte.

Fünfzehn Minuten lang dachte sie darüber nach, was gewesen wäre, wenn sie damals den Weg zurück nach Hause gewählt hätte, anstatt sich Bakerman anzuschließen.

Zurück zu ihrer Familie …

Wie würde ihr Leben heute aussehen?

Jedes Mal, bevor sie das Ticket wie alle Tickets zuvor in der Kiste unter dem Bett verschwinden ließ, spielte sie in Gedanken die andere Möglichkeit durch, ein anderes, verpasstes Leben, das niemals stattgefunden hatte und niemals stattfinden würde.

Sie dachte an Aileen und fragte sich, ob ihre Schwester noch immer im Katmai-Tal lebte. Ihr letztes Gespräch lag eine Ewigkeit zurück. Aileen hatte ihr nie verziehen, dass sie die Heimat und ihre Familie verlassen hatte. Die immer wiederkehrenden Vorwürfe hatten den Kontakt im Laufe der Jahre einschlafen lassen.

Joyce hatte den Verlust der Eltern nicht verkraftet. Mit neun Jahren war sie nach Ravenstone gekommen, während Aileen von Verwandten aufgezogen wurde.

Noch immer spürte sie den Zweifel in ihrer Brust, ob ihr Weg an Bakermans Seite wirklich der richtige war oder nur eine blinde Flucht. Gepaart mit der trügerischen Vorstellung, dass jemand anders die Zügel in der Hand hielt und sie der Verantwortung für ihr eigenes Leben enthob. Sie hatte sich den geheimnisvollen Zielen eines Mannes verschrieben, die er ihr niemals ganz offenbaren würde, und sich einverstanden erklärt, Befehle zu befolgen.

Joyce riss den Aufkleber vom Laternenpfahl, dann wanderte ihr Blick über die sorgfältig geschnittenen Rasenflächen der Einfahrten hinüber zum Anwesen auf der anderen Straßenseite.

Eine fast drei Meter hohe Mauer umspannte das riesige Anwesen, in dessen Mitte sich das auf alt getrimmte Herrenhaus von Jasper Lazar befand.

Nach allem, was sie in der kurzen Zeit seit der Identifizierung des Nummernschildes über den Mann in Erfahrung bringen konnte, war Lazar kurz nach dem Zusammenbruch der ehemaligen Sowjetunion auf der Bildfläche erschienen. Es gab keine polizeilichen Unterlagen über ihn, keine Vorstrafen, keine Familie.

Bekannt war, dass Lazar lange Jahre in Osteuropa gelebt hatte und noch immer Kontakte zu russischen Industriellen pflegte. Diese waren im Zuge der Privatisierungswelle in den Kreis der Multimillionäre geschwemmt worden und finanzierten Lazar nun den Aufbau eines Immobilienimperiums in Kanada.

Jasper Lazar galt zudem als aussichtsreicher Kandidat für einen der zehn Sitze im Stadtrat von Vancouver. Zwar genoss er einen Ruf als selbstgefälliger Emporkömmling und Exzentriker, aber ebenso hatte er sich schnell einen Namen als spendabler Gönner und Sponsor verdient.

Joyce überquerte die Straße und schlenderte wie beiläufig an der hohen Mauer entlang. Es regnete nicht mehr, dennoch hielt sie ihren Schirm weiterhin aufgespannt.

Was hatte Jasper Lazar mit dem Verschwinden von Beth Rubin und dem Tod der anderen Trudeau-Kommissionsmitglieder zu tun? Seine Limousine war am Tatort gesehen worden. Aber das allein half ihnen nicht weiter. Sie brauchte mehr Informationen, ein Motiv, eine Verbindung, sie brauchte Beweise!

Und das erforderte den Zugang zu Lazars Anwesen.

Aber die Kommission stand nicht über dem Gesetz, sie stand nur daneben. Offiziell wurde die Abteilung nach dem Krebstod Pierre Trudeaus nicht mehr weiter fortgeführt. Kurz vor seinem Dahinscheiden im Alter von 81 Jahren hatte Trudeau die letzten Befugnisse in Bakermans Hände übergeben. Noch immer wurde die Kommission durch Regierungskreise gestützt, aber nicht einmal ihre letzten verbliebenen Mitglieder wussten um ihre wahren Befugnisse und den Grad der Bekanntheit. Außer Bakerman.

Stillschweigen war oberste Direktive. Wann immer sie es mit der Polizei oder anderen Behörden zu tun bekamen, wussten sie sich als Angestellte des entsprechenden Ministeriums auszuweisen.

In diesem Fall aber hatte es Joyce mit einem Mann zu tun, der über politische Erfahrungen verfügte, und so sah sie sich genötigt, andere Wege zu beschreiten, als einfach durch die Vordertür zu spazieren.

Sie war auf sich allein gestellt.

Die zuverlässigste Art, zu arbeiten.

Sie trug keinerlei Papiere bei sich, und ihre Fingerabdrücke waren wie die aller engen Mitarbeiter Bakermans aus sämtlichen Computerarchiven getilgt worden.

Joyce Kramer schaute sich ein letztes Mal um. Dann zog sie sich die Latexmaske übers Gesicht, die nur Öffnungen für Augen, Ohren und Mund besaß, und betätigte den Knopf am Griff des Regenschirms. Der Stock glitt wie ein Teleskop in die Höhe, und als seine Spitze den Rand der Mauer erreicht hatte, faltete sich der Polyamidschirm zusammen und fand wie ein Kletterhaken festen Halt am Stein. Als acht Sekunden später ein hellbrauner Ford um die Kreuzung bog und die Scheinwerfer über die Stelle huschten, an der Joyce Kramer eben noch gestanden hatte, war der Fußweg verlassen.

Das Grundstück war dichter bewachsen, als Joyce es nach ihrem Blick durch das Gittertor vermutet hatte. Ein geschlängelter Weg führte bis zum Hauptgebäude, gesäumt von Ahornbäumen, die ihre Äste in den Abendhimmel streckten.

Das Gelände bot ihr ausgezeichnet Deckung, doch funktionierte das Sichtschutzprinzip unglücklicherweise in beide Richtungen. Dennoch konnte Joyce zwischen den Laubbäumen zumindest die Umrisse von Männern erkennen.

Im Schatten einer efeuumrankten Hermes-Statue

hielt sie sich verborgen und studierte die Wege und Abstände der patrouillierenden Wachen. Der griechische Götterbote hatte sein Haupt in Richtung des großen Gebäudes hinter den Bäumen gerichtet. Der Mythologie nach gab er die göttlichen Botschaften als Offenbarungen an die Sterblichen weiter.

Joyce wusste, dass Hermes der Führer der Seelen zum Eingang der Unterwelt war. Und wenn sie sich nicht vorsah, würde bald auch sie diesen Weg beschreiten. Die Wachen waren bewaffnet. Zumindest schwere Maschinenpistolen hatte sie in der Dämmerung ausmachen können.

Zudem zweifelte sie nicht daran, dass ein Mann wie Lazar, der sich im Herzen dieser Stadt derart verschanzte, gut versteckte Infrarotkameras und andere Detektoren installiert hatte, um unerwünschte Eindringlinge fernzuhalten.

Also nahm Joyce sich die Zeit, sich Schritt für Schritt dem Haus von Jasper Lazar zu nähern.

Mehrfach hatte sie befürchtet, in den Sensorbereich einer der Kameras geraten zu sein, deren schimmernde Linsen tief in den Zweigen der Bäume verborgen waren. Aber soweit sie es beurteilen konnte, war bislang kein Alarm ausgelöst worden. Noch schien niemand zu wissen, dass sie hier war.

Etwas anderes machte ihr Sorgen, ließ sie immer wieder verharren und in die zunehmende Dunkelheit lauschen. Da waren Geräusche, ungewöhnlich und verstörend. Zuerst hatte Joyce geglaubt, es handle sich um Gesprächsfetzen aus den Funkkopfhörern der Wachen, die manchmal nur wenige Meter entfernt standen. Aber dafür erschienen ihr die Laute zu fremdartig und, obwohl sie anfangs wie ein Flüstern geklungen hatten, nun eher so, als stammten sie von Tieren.

Unwillkürlich musste Joyce an das Foto denken, dass Santa Fe ihr hatte zukommen lassen: an Beth Rubins entsetztes Gesicht. Und an das, was sie verfolgt hatte …

Ihre wetterfeste Kleidung hatte die Feuchtigkeit bis jetzt abgehalten, trotzdem spürte Joyce die Kälte des Herbstes allmählich in jedem Gelenk. Aus ihrer Deckung heraus beobachtete sie die Auffahrt und das Haus, das jetzt keine zehn Meter mehr entfernt lag. Vorhänge versperrten den Blick in die schwachbeleuchteten Zimmer.

Das Dach des Gebäudes wurde von einer kuppelförmigen Glaskonstruktion eingenommen, ähnlich einem Gewächshaus, das wie ein schlafendes Haupt auf dem kantigen Gemäuer thronte.

»He da!«, durchzog plötzlich ein Ruf die Dämmerung.

Joyce duckte sich zurück hinter den Busch. Zwei Männer waren am Haupteingang erschienen und deuteten in Richtung des Gittertores am Ende des Parks. Zwei Lichtkegel kamen den Kiesweg herauf.

Eine Limousine.

Das gleiche Modell wie auf den Abzügen.

Der Wagen rollte langsam an den Wachen vorbei und bog dann in eine der drei offenen Garagen am Südflügel des Hauptgebäudes. Die Rücklichter erloschen. Minuten verstrichen, ohne dass der Fahrer erschien.

Joyce verharrte eine Weile in ihrem Versteck, dann schlug sie einen Bogen um die Auffahrt und schlich sich mit aller Vorsicht an die nun wieder im Dunkeln liegende Garage heran.

Ihre Schritte schmatzten erschreckend laut auf dem aufgeweichten Untergrund. Sie hörte die beiden Männer vor dem Hauseingang leise miteinander sprechen und lachen. Eine dritte Wache erschien zwischen den Bäumen, begleitet von einem großen Tier, einem Hund, wie Joyce aus dieser Entfernung zu erkennen glaubte.

Vielleicht ein Dobermann, dachte sie.

Ein leichter Wind strich durch die Bäume, und bevor der Hund ihre Witterung aufnehmen konnte, war Joyce an der Mauer entlang in den Wagenunterstand geschlüpft.

Die Luft war hier bedeutend wärmer. Die Limousine stand zwei Meter vor ihr, die getönten Scheiben verwehrten jeden Blick ins Innere. In der Hocke pirschte sich Joyce zur Fahrertür vor. Sie hatte die Wahl zwischen ihrem Elektroschocker und der Automatikpistole, einer 9mm Beretta. Sie entschied sich für den Schocker, dann drückte sie die Klinke herunter.

Der Wagen war leer.

Auf dem Beifahrersitz lag ein Werbeprospekt über Montreal. Lautlos schloss sie die Tür wieder, dann untersuchte sie das Nummernschild unterhalb der Motorhaube.

»Wer sagt's denn!«, murmelte Joyce.

Die Metallplakette war an einen Mechanismus angeschlossen, der es erlaubte, das Schild nach Belieben um die eigene Achse zu drehen.

»Aber wo ist der Fahrer?«, fragte sie sich und drehte den Kopf.

Das Ende der Garage verschwamm im Halbdunkel. Joyce meinte, eine Öffnung zu erkennen und dahinter einen schmalen Durchgang, der die Garage vermutlich mit den anderen beiden verband. Und wenn sie Glück hatte, auch mit den Räumen der Bediensteten, wodurch Joyce einen Zugang zum Haus hätte.

Sie wollte gerade ihren Entschluss in die Tat umsetzen, als sich schnelle Schritte vom Kiesweg her näherten.

Blitzartig sank Joyce zurück in die Hocke.

Sie lehnte sich mit dem Rücken gegen die Stoßdämpfer unterhalb der Motorhaube und presste den Elektroschocker instinktiv an die Brust.

»Was denn?«, kam es vom Eingang der Garage. »Was hast du denn, hm?«

Als Antwort war nur ein dumpfes Hecheln und Schnauben zu vernehmen.

Der Hund darf mich nicht wittern, flehte sie in Gedanken, als das Schnaufen immer lauter wurde, fast als würde durch irgendetwas seine besondere Aufmerksamkeit erregt.

Der Strahl einer Taschenlampe wanderte über das Dach der Limousine und erfasste den Durchgang zum Haus, von dem sie vor wenigen Sekunden nur noch drei Schritte getrennt gewesen war.

Der Gang dort bot ihr Deckung und gleichzeitig eine Gelegenheit, das Haus doch betreten zu können. Offensichtlich hatte auch der Fahrer diesen Weg gewählt, aber solange der Mann hinter ihr nicht verschwunden oder zumindest abgelenkt war, blieb selbst diese geringe Entfernung unüberwindbar.

Das schleifende Geräusch eines Handschuhs auf Autolack näherte sich mit jedem Schritt, den die Wache tat.

Joyce' Finger krümmte sich um den Abzug des Schockers. Mit gezielten Atemübungen beruhigte Joyce ihren Herzschlag, um das Adrenalin im Zaum zu halten. Jetzt keinen Fehler machen!, schärfte sie sich ein.

Die tierischen Laute steigerten sich zu einem hektischen Grunzen.

»Hier ist nichts. Du hast dich getäuscht.«

Das war kein Dobermann, dachte Joyce. Das war überhaupt kein Hund!

Der Mann blieb stehen, keinen Meter entfernt. »Hast du immer noch Hunger?«, fragte die Wache.

»Jaaa!«, kam es röchelnd zur Antwort.

Gierig.

Und nicht menschlich.

9

Charlie folgte Steven Burns in den Hausflur. Nur widerwillig fiel der schwere Vorhang hinter ihnen zurück und sperrte das letzte Licht des Abends gänzlich aus.

»Sollten wir nicht lieber die Polizei rufen?«, fragte er.

Burns verneinte. »Noch wissen wir nicht, ob der Schrei echt war. Könnte auch ein Fernseher gewesen sein.«

»Für mich klang es ziemlich echt«, flüsterte Chap unter der Jacke.

Steven Burns nickte nur.

Für Charlie stand fest, dass sein Protegé sich ganz bewusst in Gefahr begab. Charlie konnte die aufziehende Bedrohung auf seiner Haut spüren. Wie die Berührung mit einem eisigen Gegenstand. Bakerman hatte es eine Art sechsten Sinn genannt, aber er empfand es anders. Für Charlie war es keine zusätzliche Form der Wahrnehmung, die von innen heraus kam. Für ihn fühlte es sich an, als würde sich die Gefahr von außen bemerkbar machen und dann wie ein zweiter Körper an seiner Seite materialisieren. Er spürte ihre Präsenz auf physische Weise, und sie quälte ihn.

Geh nicht weiter, schien die Kälte auf seiner Haut zu schreien.

Da ist etwas, brannte sich der Schmerz in seine Stirn.

Sie kamen näher. Und Charlie wusste, dass Steven Burns es ebenfalls fühlen konnte.

Eine Treppe führte hinab in unbeleuchtete Kellerräume, aber sie ließen die Stufen hinter sich und folgten weiter dem Lichtschein am Ende des Flures, von wo zudem ein leichter Brandgeruch herüberwehte.

Die Tür am Ende des Korridors war nur angelehnt. Dahinter konnten sie unregelmäßige Schleifgeräusche vernehmen.

Steven hielt einen Schraubenschlüssel aus dem Verkaufsraum in der Hand, als er die Tür vorsichtig aufstieß.

Es war eine Werkstatt mit sechs großen Werkbänken, die einen Kreis bildeten. In der Mitte stand ein Mann mit nacktem Oberkörper, die behaarte Brust war an vielen Stellen versengt. Er trug einen Schutzhelm mit Visier und in den Händen einen Schweißbrenner, der aus einem Griffstück und der darunter angebrachten, tragbaren Propangasflasche bestand. Die bläuliche Flamme fraß sich in das sargähnliche Metallobjekt, das er in tiefer Konzentration bearbeitete.

»He, sind Sie Murphy?«, rief Steven Burns, dessen Miene sich verfinstert hatte.

Der Mann blickte auf. Unter dem Visier konnten sie sein Gesicht nur undeutlich erkennen. »Wer will das wissen?«

»Mein Name ist Burns.«

»Ach ja? Und wie kommen Sie hier herein, Burns?«

»Die Tür war offen.«

»Wie praktisch«, rief Murphy gedämpft unter dem

Helm. »Und wie seltsam, ich hatte sie nämlich abgeschlossen.«

»Ist das – eine Eiserne Jungfrau?«, stammelte Charlie entgeistert.

Murphy rieb sich mit einem Tuch über die schweißnasse Brust. Dann klappte er das Visier des Helms hoch. »Eine was?«

Jetzt war es Chap, der, während er weiterhin auf Charlies angewinkeltem Arm saß, das Wort ergriff. Er zeigte mit einer Hand auf das große Metallobjekt, an dem Murphy eben noch gearbeitet hatte. »Die Eiserne Jungfrau ist ein Folterinstrument aus dem Mittelalter, ein gewaltiger Hohlkörper in Frauengestalt, der mit nach innen gerichteten Nägeln oder Dornen beschlagen ist. Das Opfer wird im Inneren eingeschlossen und von den scharfen Spitzen grausam durchbohrt. Nicht nett.«

Murphy ließ den Blick zwischen Steven Burns, Charlie und der schwarzen Puppe hin und her gleiten. »Was seid ihr eigentlich für Freaks?! Verzieht euch, oder ich rufe die Bullen!«

»Ich glaube nicht, dass Sie das tun«, erwiderte Steven ruhig.

»Ach ja? Und warum nicht?«

»Wir haben jemanden schreien gehört.«

Charlie konnte sich der Panikattacke nicht länger erwehren. Schweiß rann ihm über die Stirn, ein unerträglicher Druck presste ihm die Brust zusammen. Er fühlte etwas mit großen Schritten näher kommen.

»Wir sollten hier abhauen«, keuchte er, aber niemand schien von ihm Notiz zu nehmen.

»Ein Schrei? So ein Blödsinn«, murmelte Murphy. Er war jetzt nur noch vier Schritte von Steven Burns entfernt. Die Stichflamme des Brenners wechselte kurz zwischen Blau und Rot, als der Mann eines der Ventile berührte.

Charlie hatte Bakerman versprochen, auf Burns aufzupassen. Seinen Leibwächter zu spielen. Ihn zu warnen und aus Notlagen zu befreien. Charlie dachte für einen Moment, dass er jetzt selbst für einen solchen Protektor nicht undankbar wäre.

»Ich soll Sie von Martha Abrahams grüßen«, sagte Steven.

Murphy blieb stehen. »Martha wer?«

»Sie hat mir einiges erzählt.«

Charlie wusste sofort, dass sein Begleiter bluffte.

»Wie ungezogen von ihr«, lachte der Mann, klang jedoch eher zornig. Die Stichflamme loderte hell auf.

Entweder war Burns naiv und sah die Gefahr nicht, oder aber er suchte sie mit aller Macht.

Ich bewache einen Lebensmüden, fuhr es Charlie durch den Kopf.

»Und worüber hat die gute Martha so alles geplaudert?«

»Über die Dinge, die Sie nicht hätte sehen sollen. Sie wissen genau, wovon ich spreche! Und wenn Sie diesen Brenner nicht sofort abschalten, werde ich mit diesen Informationen zur Polizei gehen.«

Charlie war klar, dass Burns nicht die geringste Ahnung hatte, was dieser Murphy trieb. Aber Murphy war kein Mann, aus dem man Informationen herauslocken und anschließend den gesicherten Rückzug antreten konnte.

Und Burns war es nicht gewohnt, zu kämpfen. »Vor allem nicht zu siegen«, hörte er die Stimme von Chap in seinem Kopf. »Es liegt an dir.«

Charlie verstand, dass er eingreifen musste.

»So so, die Polizei«, grunzte Murphy unter seinem Helm. Dann riss er den Schweißbrenner in die Höhe und machte einen Satz nach vorn.

Die plötzliche Hitze verbrannte Steven die Haare über der Stirn. Im allerletzten Moment konnte er sich zu Boden werfen und der tödlichen Stichflamme entgehen.

Charlie schoss der Schrei von vorhin durch den Kopf. Es war eine Frau gewesen! Er konnte ihr Leid förmlich greifen. Diese furchtbare Qual ... Er entließ den gepeinigten Ruf aus seiner Erinnerung und transportierte ihn in die Werkstatt hinaus. Der Schall war ohrenbetäubend!

Murphy wirbelte erschrocken herum. »Waaas?«

Geistesgegenwärtig schmetterte Steven Burns, halb im Liegen, den Schraubenschlüssel auf die Kniescheibe des Pfandleihers. Unter grässlichem Knacken zersplitterte das Gelenk, und Murphys Bein knickte in unnatürlichem Winkel zur Seite. Murphy kreischte auf wie ein verletztes Tier. Er fiel. Der Schweißbrenner entglitt seinem Griff und wurde mit lautem Zischen unter seinem Körper begraben. Ein letztes Gurgeln, ein Winseln, dann erstarb das Zucken von Murphys nacktem Oberkörper.

Es war so schnell gegangen, dass weder Steven noch Charlie die Situation begriffen, bis sich der Gestank von verbranntem Fleisch ausbreitete, begleitet von einem Zischen.

»Wir haben ihn – umgebracht«, flüsterte Charlie schockiert.

Steven Burns starrte fassungslos auf den Leichnam, während er mit den Fingerspitzen über seinen angesengten Haaransatz strich. Es dauerte eine Weile, bis sie den Brenner unter den zerschmolzenen Rippenbögen des Mannes hervorgezogen hatten und ausschalten konnten.

Ein schwarzes Loch hatte sich durch Brustkorb und Rücken gefressen und legte den Blick auf verbrannte Innereien und die Kacheln der Werkstatt frei.

»Was machen wir jetzt?«

»Bleiben Sie ruhig, Charlie. Es war ein Unfall«, hörte sich Steven sagen, aber es klang, als spräche eine fremde Stimme aus seinem Innern. Der Schock bahnte sich unaufhaltsam einen Weg in sein Bewusstsein.

»Aber er ist tot, verflucht!«, keuchte der Bauchredner atemlos.

Dann hörten sie zum dritten Mal den Schrei.

»Das kam aus dem Keller«, stellte Chap sachlich fest.

Steven atmete tief durch. »Zurück in den Flur.«

Victor Zeysen war nie ein großer Kinogänger gewesen. Die Attraktion einer alternativen Wirklichkeitsattrappe war ihm unverständlich, barg doch die Realität mehr als genug Herausforderungen und Erregungspotential.

Zeysen stand mit verschränkten Armen im Hintergrund und beobachtete die Szenerie. Der Keller war ein guter Ort für ihre Veranstaltung. Murphy stellte keine Fragen, wenn man ihn gut bezahlte, und Zeysen hatte seine Dienste schon des Öfteren in Anspruch genommen. Der Pfandleiher war von schlichtem Gemüt, hatte aber einen Weg gefunden, sowohl Gewalttäter als auch gelangweilte Großindustrielle und Politiker mit ungewöhnlichen Neigungen als Kunden zu gewinnen.

Mit anderen Worten, Murphy hatte ihm viel Arbeit

abgenommen, wofür Zeysen eine gewisse Dankbarkeit empfand.

Die Projektion auf der Leinwand des unterirdischen Kinosaals zeigte an diesem Tag jedoch nicht wie üblich Abgründe sexueller Phantasien oder Murphys spezielle Varianten von Snuff-Movies – Filme, die den inszenierten, aber absolut realen Tod von Menschen abbildeten. An diesem schönen Herbsttag, an dem Eltern mit ihren Kindern in Grünanlagen spazieren gingen oder ihre sorgsam frisierten Zuchthunde Gassi führten, hatte Victor Zeysen es sich nicht nehmen lassen, die Gäste persönlich einzuladen und zugleich für das Programm zu sorgen.

Was sich vorne auf der kleinen Bühne abspielte, wurde für alle sichtbar auf die Leinwand projiziert.

Zeysen genoss die Umsetzung seines Planes nicht ohne Stolz, war der Kellerraum doch – vom Schluchzen der Frau abgesehen – in ehrfurchtsvolle Stille getaucht. Im Halbdunkel konnte er so ungestört die teils bestürzten, teils fasziniert entrückten Gesichter im Publikum studieren. Die Sitzreihen boten knapp fünfzig Personen Platz, und jeder zweite Sessel war besetzt. Die Männer und Frauen waren allesamt potentielle Mitglieder für den Bund. Sie alle glaubten an die Gesandten der Zwei Horizonte, glaubten an die Botschaft, jetzt, da sie endlich erschienen waren und Vancouver in Angst und Schrecken versetzten.

Nun galt es, die Loyalität und Hingabe der Anwesenden zu testen.

Die Frau schrie aus Leibeskräften.

Victor Zeysen schnäuzte sich dezent die Nase. Ihm ging es nicht um das zur Schau gestellte physische Leiden eines Menschen, sondern um die Reaktionen des menschlichen Verstandes und die Emotionalität seiner Gäste. Die Frau hatte den Schmerz herausgefordert, hatte sich dem Bund verschrieben und war dann trotzdem vor ihrer Aufgabe zurückgeschreckt. Sie hatte sich geweigert, ihre Mission auszuführen, weshalb man gezwungen gewesen war, spontan für Ersatz zu sorgen. Jemand anders hatte sich um die Kinder kümmern müssen.

Die Eiserne Jungfrau war ein psychologisches Meisterwerk, das musste er zugeben. Von innen verspiegelt und von außen verglast. Das langsame Sterben des gefangenen Frauenkörpers konnte von allen Anwesenden beobachtet werden, während die Frau, deren Augenlider von einem Drahtgestell offen gehalten wurden, dazu verdammt war, sich selbst beim Verbluten zuzusehen.

Ihr Wimmern wurde leiser.

Victor Zeysen notierte sich auf einem Handzettel die Reaktionen im sorgsam gewählten Publikum und überlegte sich entsprechende Maßnahmen, als ein unvorhergesehener Zwischenfall die bis dato reibungslos abgelaufene Präsentation störte.

Steven hatte sie zuerst erblickt. Mit einem Ruck riss er sich von Charlie los, der ihn zurückhalten wollte, und stürzte in den unterirdischen Kinosaal.

»Steven! Nicht!«, rief Charlie, aber es war zu spät.

Knapp zwei Dutzend Augenpaare wandten sich vom dem grausigen Schauspiel ab und Steven Burns zu, der den Schweißbrenner wie eine Fackel schwenkte.

»Lasst die Frau frei!«, brüllte er.

Keine drei Schritte weiter warf sich ihm ein Hüne entgegen. Die Flamme brannte dem Angreifer eine schwarze Spur über das Gesicht, worauf der Mann schreiend auf die Knie sank. Wo eben noch Nase und Augen gewesen waren, lösten sich jetzt Fleischfetzen von den Knochen.

Dann brach das Chaos aus, denn ein erster Kinosessel hatte Feuer gefangen.

Steven versuchte verzweifelt, sich zu der gefolterten Frau vorzukämpfen, aber die in wilde Panik geratene Menge versperrte ihm den Weg.

Charlie war wie gelähmt: Burns hatte geglaubt, mit dem Brenner in der Hand gegen alles gewappnet zu sein, was ihn hier unten erwarten würde. Doch der junge Bauchredner erkannte, dass Steven Burns selbst die größte Gefahr für sie alle darstellte. Sie würden alle in den Flammen umkommen!

»Steven! Zurück!«, schrie Charlie und wurde im nächsten Moment von einer hysterisch davonstürzenden Frau gegen die Wand gestoßen.

Burns wirbelte herum, gewarnt von Charlies Ruf.

In blindem Fanatismus warfen sich zwei weitere Männer auf ihn. Ihre Jacken fingen sofort Feuer. Mit rudernden Armen taumelten die beiden wie lebendige Fackeln durch den Raum und setzten weitere Polstersessel in Brand. Beißender Rauch erfüllte den Raum, Flammenzungen leckten über Sitze und Körper.

Dann fielen Schüsse.

Charlie presste sich die Hände an die Schläfen. Fast glaubte er, das Eis auf seinen Lippen schmecken zu können, so kalt war ihm plötzlich, während Hitze und die um sich greifende Feuersbrunst das Kino in ein Krematorium verwandelten. Er musste versuchen, seine Gabe zu kontrollieren. Die auf ihn einstürmenden Qualen der anderen auszusperren.

»Du kannst es, Charlie«, vernahm er Chaps leise Stimme in seinem Unterbewusstsein.

Steven Burns hatte inzwischen die Eiserne Jungfrau erreicht, das alptraumhafte Entsetzen im Blick der Frau hinter dem Glas ließ ihn würgen und für einen Moment innehalten.

Wir müssen weg hier!

Es waren Charlies Worte, aber Steven nahm sie nicht wahr.

Lähmende Hilflosigkeit und der Schock hatten ihren Weg zu ihm gefunden.

Steven!

Dann traf ihn etwas am Hinterkopf!

Der Schweißbrenner fiel zu Boden, er wankte zurück.

Im nächsten Augenblick kippte der gläserne Sarg nach vorne und stürzte von der kleinen Bühne. Das Kreischen der Frau erstarb auf der Stelle.

»Neiiin«, schrie Steven, gleichermaßen entsetzt über den Tod der Frau wie über sein Versagen. Er war zu spät gekommen.

Er blickte gehetzt umher, für einen Moment dem Wahnsinn näher als die fliehenden Menschen im Saal. Tränen liefen ihm übers Gesicht. Dann packte ihn eine schneeweiße Hand an der Schulter und zerrte ihn mit sich fort zum Ausgang.

Kaum war der erste Sessel Opfer der Flammen geworden, gelangte Victor Zeysen zu der Einschätzung, dass es an der Zeit war, den Kinosaal zu verlassen. Schließlich wartete an diesem Abend noch eine Menge Arbeit auf ihn.

Als er keine fünfzehn Minuten später und drei Häuserblocks entfernt in ein Taxi stieg, bedeckten Regenpfützen den Asphalt. Die Sonne war verschwunden und der Abendhimmel über Vancouver von Rauchwolken verdunkelt. Zeysen konnte bereits die nahenden Feuerwehrsirenen hören.

Er nannte dem Fahrer den Namen seines Hotels. Dort würde er erst einmal ein Bad nehmen. Der Gestank des Todes haftete faul an seiner Kleidung. Zudem verspürte er einen ersten Anflug von Hunger.

10

Der Elektroschocker war weiterhin auf die höchste Stufe gestellt und gab ein kaum hörbares Surren von sich. Joyce fühlte die leichte Vibration in ihrer Hand, während sie wartete und lauschte.

Aber niemand folgte ihr.

Schwer atmend stand sie im schwachbeleuchteten Flur. Sie konnte ihren Herzschlag nicht länger kontrollieren, die nachlassende Anspannung rann ihr als kalter Schweiß über den Nacken und das Rückgrat hinab.

Eine halbe Ewigkeit hatte sie auf der Stelle verharrt, bereit zum Sprung, hatte die sich anpirschenden Schritte vernommen. Hatte gehört, wie die Kreatur begierig nach Beute lechzte, während sie immer näher kam. Doch dann, im letzten Moment, hatte ein Ruf vom Vordereingang den Wachposten zur Umkehr bewegt. Joyce hatte die Worte des anderen Mannes nicht verstanden, aber sie hatten energisch und bestimmend geklungen.

Ohne Zögern war Joyce in den Quergang hinter den Garagen gehuscht und hatte dort wie erwartet eine Verbindungstür zum Hauptgebäude entdeckt. Mit einigen geschickten Handgriffen hatte sie die Alarmanlage ausschalten können und die Tür geöffnet.

Erst die Kameras im Garten, dann die Wachen und jetzt die Hintertür und der Alarm, dachte Joyce misstrauisch und erleichtert zugleich.

Bakerman hatte sie schon vor Jahren gewarnt, Glück sei der ärgste Feind der Vorsicht. Zu viel davon, und man wähne sich unantastbar. Wer wusste schon, in welch trügerische Sorglosigkeit man Carl Abrahams oder Beth Rubin gelockt hatte?!

Sie musste auf der Hut bleiben. Entweder war sie tatsächlich vom Glück begünstigt, oder aber – sie wurde erwartet. Und was immer der Wachmann da draußen für eine Kreatur mit sich geführt hatte, ein Tier war es definitiv nicht.

Aber auch kein Mensch.

Joyce Kramer hegte ernste Zweifel, dass ihr Elektroschocker bei einer weiteren Begegnung ein würdiger Gegner wäre. Dagegen trug die sperrige Schwere der Beretta unter ihrer Jacke schon eher zu ihrer Beruhigung bei.

Denk dran, du darfst dich nicht erwischen lassen, schärfte sie sich ein, denn niemand wird für dich in die Bresche springen.

Der Flur endete in einer fensterlosen Kammer, die offensichtlich dem Dienstpersonal als Umkleideraum zur Verfügung stand. Jasper Lazar beschäftigte Leibwächter, Gärtner, Chauffeur, Reinigungspersonal und einen Koch. Die Spinde trugen Namensschilder, die Kleidungsstücke waren sorgsam gefaltet, und an der hinteren Wand hingen ein detaillierter Dienstplan sowie der Grundriss des Hauses.

Es gab vier Stockwerke, die über ein großes Treppenhaus miteinander verbunden waren, zudem einen Lastenaufzug in der Küche.

»Ausgezeichnet«, murmelte Joyce und prägte sich die wichtigsten Details ein. Dann zog sie leise die Tür hinter sich ins Schloss und fand sich alsbald im verwinkelten Erdgeschoss von Jasper Lazars Anwesen wieder.

Zu ihrem Erstaunen bemerkte Joyce, dass nirgendwo elektrisches Licht brannte. Aus den Zimmern und Seitengängen schimmerte gedämpfter Kerzenschein, hinter einer geöffneten Tür erblickte sie ein Kaminfeuer. Dass es auf dem Grundstück durchaus Strom gab, hatte ihr die Alarmanlage am Hintereingang ebenso bewiesen wie die Infrarotkameras im Park. Vielleicht gehörte die altmodische Beleuchtung für Lazar ja zu seinem Gutsherrendasein. Oder hatte er andere Gründe, der modernen Technik zu misstrauen? Sie würde sich später darüber Gedanken machen.

Joyce setzte ihren lautlosen Streifzug durch die Salons fort, die mit antiquiertem Mobiliar ausgestattet und allesamt menschenleer und ungewöhnlich stark beheizt waren.

Wie sie von ihren Recherchen wusste, war der Immobilienmakler ledig und kinderlos. Laut Klatschpresse hielt es von seinen zahlreichen Freundinnen keine länger als zwei Nächte bei ihm aus, folglich hatte Joyce Kramer auch nicht erwartet, viele Menschen im Haus anzutreffen. Auf die bedrückende Ausgestorbenheit dieses Gemäuers war sie jedoch weniger vorbereitet gewesen.

An den Wänden hingen keine Gemälde oder andere Kunstgegenstände, stattdessen prangten dort die Produkte einer anderen, extravaganteren Leidenschaft: Taxidermie, die Haltbarmachung toter Tiere. In Lazars speziellem Fall: Hundeköpfe. Auch traf Joyce immer wieder auf im Ganzen ausgestopfte Exemplare in verschiedenen Posen und Größen. Die ersten drei Hunde untersuchte sie gründlich auf versteckte Mikrofone oder Kameras, fand aber nichts dergleichen.

Kurz bevor sie die letzten beiden Räume im Erdgeschoss erkunden konnte, vernahm sie aufgebrachte Frauenstimmen hinter einer nur halb geschlossenen Tür.

Sie huschte vorsichtig neben den offenen Spalt. Dem Geruch nach befand sich dahinter die Küche.

»Und wenn er es rauskriegt?«, hörte sie eine ältere Stimme.

»Ist ja nicht meine Schuld!« Eine junge Frau, vielleicht Mitte zwanzig.

»Keine Abfälle in den Garten, das müsstest du langsam wissen. Alles kommt nach oben in den Dom!«

Abfälle? In den was? Joyce beugte sich vor und riskierte einen schnellen Blick. Die beiden Frauen standen sich mit verschränkten Armen gegenüber. Sie trugen schmutzige Schürzen, deren Stoff gelbbraun verkrustet war. Auf einer Arbeitsplatte lagen ein benutztes Fleischermesser und eine Knochenschere.

»Ich hab die Nase voll. Ich will hier raus, mein Freund wartet.«

»Der wird es schon überleben.«

»Ach ja? Und ich?«

»Kindchen, bring jetzt endlich den Eimer hoch, bevor Mr Lazar zurück ist und niemanden mehr dort sehen will.«

»Ja, schon kapiert!«, blaffte die junge Frau zurück. »Bin ja nicht blöd!«

Joyce Kramer überließ die streitenden Küchenhilfen sich selbst und eilte zurück in die Eingangshalle, von der geschwungene Stufen auf eine mit Fresken verzierte Galerie führten. In den grauweißen Marmor des Treppengeländers waren Engelsfiguren gemeißelt, mit traurigen Gesichtern und tiefliegenden Augenhöhlen, in denen Kristalle glänzten. Joyce hatte das Gefühl, von den Skulpturen beobachtet zu werden.

Sie nahm die letzten fünf Stufen mit einem Satz und erreichte den zweiten Stock.

Wenn sie die Frauen richtig verstanden hatte, war Lazar irgendwo unterwegs, konnte aber jeden Moment zurückkehren. Also musste sie sich beeilen.

Ihr Ziel war sein Büro.

Um dort nach Hinweisen zu suchen, die ihn mit der Kommission in Verbindung brachten, nach Anweisungen für den Fahrer der Limousine oder anderen Indizien, die bewiesen, dass Jasper Lazar in die Mordserie verstrickt war. Womöglich sogar in die Kindesentführungen.

Die verstörende Begegnung mit der monströsen Kreatur hatte Joyce bereits an den Rand ihres Bewusstseins verdrängt. Angst und Unsicherheit würden sie bei der Durchführung ihres Vorhabens nur stören.

Sie öffnete drei der fünf hohen Zimmertüren, dann wurde sie endlich fündig. Das Büro war ein ovaler Raum, in dessen Luft ein feiner Duft von Pfefferminz hing. Hinter dem leergeräumten Schreibtisch stand eine messingbeschlagene Seemannskiste.

Die Wände waren mit Grundrissplänen und geologischen Landkarten behängt. Obwohl Jasper Lazar sich beruflich eigentlich mit Immobilien beschäftigte. Jeder Fleck Erde im Umkreis von zehn Quadratmeilen um Vancouvers Stadtkern herum war topographisch erfasst und kartographiert worden. In unterschiedlichen Größenmaßstäben und Ansichten porträtierten die Ausdrucke sämtliche Stadtviertel, die äußeren weniger besiedelten Gebiete und sogar die Ausläufer des Fraser Rivers und den Meeresgrund.

Aufmerksam betrachtete Joyce Kramer die Abbildungen und Zeichnungen, wobei sie die Namen der ihr vertrauten Orte vor sich hin murmelte. Ihr fiel auf, dass komplette Kartenabschnitte mit Rotstift durchgestrichen waren.

Ein Gebiet südlich der Horseshoe Bay in North Vancouver hatte es Lazar offenbar besonders angetan. Die Landzunge um den Lighthouse Park, wo noch immer der Leuchtturm Point Atkinson stand, war mit fremdartigen Symbolen gekennzeichnet. Die Zeichen ergaben keinen Sinn, dennoch machte Joyce rasch einige Schnappschüsse mit ihrer Stiftkamera.

Sie war weder Spezialistin für Stadtplanung noch für Archäologie, doch die detaillierten Analysen der Gesteinszusammensetzungen, Mineralien und des Grundwasserspiegels schienen ihr nicht das Werk eines Hobbygeologen zu sein. So etwas bewahrt man in Aktenordnern oder als Computerdaten auf und pinnt es sich nicht an die Wand, dachte Joyce irritiert. Es erweckte den Anschein, als wäre Jasper Lazar an der substantiellen Beschaffenheit des Bodens interessiert, auf welchem die Stadt Vancouver erbaut worden war.

»Er sucht nach etwas«, stellte Joyce fasziniert fest und horchte auf.

Eine laute Unterhaltung im Treppenhaus.

Joyce hastete zurück zur Bürotür, als sie bereits eine Gestalt mit weiten Schritten die Stufen emporkommen sah.

Lazar. Und offenbar hatte er es eilig.

Sie würde das Zimmer nicht mehr rechtzeitig verlassen können!

»Mildred«, rief Lazar, kaum dass er die Galerie des zweiten Stocks erreicht hatte, »stellen Sie mir Tee und Scotch an den gewohnten Platz. Ich werde heute lange arbeiten.«

»Wie Sie wünschen, Mr Lazar«, kam die unterwürfige Antwort aus der Eingangshalle.

Joyce brauchte dringend ein Versteck, oder sie musste sich zu erkennen geben und notfalls Gewalt anwenden, um hier herauszukommen. Mit so gut wie leeren Händen.

Die Schritte vom Flur kamen rasch näher.

Instinktiv suchte Joyce hinter dem Schreibtisch Deckung – und erblickte ihre Rettung. Sie hob den Deckel der Seemannskiste an und schlüpfte hinein, wobei sie Arme und Beine anziehen musste. Dann schloss sie die Truhe so geräuschlos, wie sie es in der Eile vermochte. Die alten Karten und Pergamente unter ihr verströmten einen säuerlichen Geruch.

Im nächsten Moment war sie von Dunkelheit umgeben.

Sie hörte, wie die Tür leise knarrte, wie Lazar das Zimmer betrat, wie er zum Schreibtisch ging.

Sie zwang ihren Atem zur Ruhe. Die Luft war knapp bemessen.

Lazar war stehen geblieben, keinen Meter von der Seemannskiste entfernt.

Darauf angewiesen, auf Gehör und Instinkt zu vertrauen, schloss Joyce die Augen. Kalter Schweiß rann von ihren Fingern über den Griff der entsicherten Beretta.

Dann wurde der Schreibtischstuhl nach hinten gerollt und ein Telefonhörer abgenommen. Die Kürze der Tastenfolge ließ auf ein Ortsgespräch schließen.

»Ich bin es«, sagte Lazars Stimme. Wider Erwarten klang sie angenehm, fast weich. Eine Pause. Dann: »Nein, noch nichts, aber das ist nur eine Frage der Zeit und wenn ich erst im Stadtrat sitze, werde ich auch die politischen Mittel besitzen, um unsere Suche nach einem geeigneten Platz voranzutreiben.«

Eine Pause.

»Aber natürlich«, erwiderte Lazar leise. »Schließlich ist Vancouver einer der zehn.«

Stille, offenbar redete der andere, dann sprach wieder Lazar, aber mit deutlich verändertem Tonfall. »Moment! *Wir* haben unseren Teil der Abmachung erfüllt!«

Erneutes Schweigen.

»Das ist nicht mein Problem! Wir haben geliefert, was verlangt wurde. Wir haben uns sogar um die –«

Lazar stockte. »Wiederholen Sie das bitte! – Abgebrannt? – Vier Tote und Murphy?«

Joyce meinte förmlich zu spüren, wie der Mann um Fassung rang.

»Ich hatte ihm gesagt, dass eine solche Demonstration unnötig sei. Aber unser lieber Herr Doktor meint ja …« Er holte tief Luft, als müsste er überlegen, welche seiner Gedanken er preisgeben wollte. »Ich traue ihm nicht.«

Joyce spürte, wie ihr allmählich der linke Arm einzuschlafen drohte. Das unangenehme Kribbeln kroch ihre Schulter entlang und erreichte den Ellenbogen, doch wagte sie es nicht, ihre Position zu verändern und damit das Papier unter sich zum Rascheln zu bringen.

»Ja, verstehe«, sagte Lazar schließlich, klang jedoch alles andere als zufrieden.

»Natürlich wird der Vorfall Fragen aufwerfen. Und Zweifel. – Die beiden Männer sind also entkommen? – Nein, lassen Sie ihn dieses Mal aus dem Spiel! *Ich* werde mich darum kümmern. *Diese* Angelegenheit wird ohne Zeugen über die Bühne gehen.«

Wenige Sekunden später wurde der Hörer aufgelegt. Der Schreibtischstuhl ächzte, wahrscheinlich von der Gewichtsverlagerung, dachte Joyce. Sie fragte sich, wo wohl der gewohnte Platz war, an dem Lazar bei Tee und schottischem Whisky zu arbeiten gedachte.

»Mister Lazar?«, kam es von der Zimmertür. Es war die ältere Stimme aus der Küche.

»Ah, Mildred.«

»Ich habe das Kaminzimmer vorbereitet. Wünschen Sie sonst noch etwas?«

»Nein, Sie können sich zurückziehen.«

»Danke, Sir.«

Joyce hörte, wie der Stuhl zur Seite rollte – und gegen ihre Truhe stieß.

Für einen Moment herrschte Stille.

Der Deckel hob sich ein Stück.

Ihr Finger legte sich um den Abzug der Beretta.

»Ach«, seufzte Jasper Lazar müde. »Später ...«

Die Dunkelheit kehrte zurück, als die Kiste wieder geschlossen wurde. Kurz darauf ein metallenes Geräusch, gefolgt von dreimaligem Klicken. Dann endlich Schritte, die sich entfernten und den Raum verließen.

Joyce wartete eine Minute, bevor sie vorsichtig den Truhendeckel anzuheben versuchte.

Vergebens.

Sie spürte, wie ihr Hals trocken wurde. Sie atmete tief durch und stemmte sich mit aller Kraft gegen das Holz.

Nichts.

Wütend über die unangenehme Wendung der Ereignisse zwängte sie ihre Hand in die Hosentasche und zog ganz behutsam ihr Mobiltelefon hervor. Das aufleuchtende Display bestätigte ihre Befürchtung: kein Empfang.

Die stickige Luft schmeckte bitter in ihren Lungen. Das Glück hatte sie verlassen.

11

Steven Burns führte Charlie in die Küche und setzte Wasser auf. Auf dem Weg in die Wohnung hatten sie kein Wort verloren, aber jetzt musste Steven seinem Ärger Luft machen. »Sie hätten mich nicht einfach wegzerren dürfen! Dazu hatten Sie kein Recht!« Er griff nach dem Wasserkocher, und fast wäre das Plastik seinem verschwitzten Griff entglitten. »Vielleicht wäre die Frau noch am Leben.«

»Es war das einzig Richtige, so schnell wie möglich zu verschwinden«, beharrte die Bauchrednerpuppe auf Charlies Schoß.

Steven Burns starrte das schwarze Gesicht mit einem Ausdruck von Abscheu und Fassungslosigkeit an. »Können Sie Ihre Tricks mal kurz vergessen? Da sind Menschen gestorben.«

»Ach?!«, sagte Charlie mit verschlossener Miene.

»Ach? Das ist alles? Ach?« Steven schlug einen Kaffeebecher so wütend auf die Küchenzeile, dass es laut knackte. Mit ungläubigem Stöhnen beförderte er den abgebrochenen Henkel in den Mülleimer.

Charlie holte tief Luft. »Wir haben unser Möglichstes versucht, Steven, aber was geschehen ist, ist geschehen.«

»Aber – die Frau?« Der Anblick der sterbenden Frau saß wie ein Brandmal in Stevens Erinnerung. Ihre von Drähten aufgerissenen Augen, ihr Entsetzen im erstarrten Blick, die zermarterte Haut. »Werden Sie das jemals vergessen?«

»Nein«, hauchte Charlie erschöpft. Auch er hatte den Schock noch nicht überwunden. Sein bleiches Gesicht war alt und grau geworden. Er setzte zu einer Erklärung an, aber ihm versagte die Stimme.

Stattdessen ergriff Chap das Wort. Die Puppe hob ihr hölzernes Haupt, die schwarzen Pupillen stierten Steven ausdruckslos an. »Wer hätte uns denn geglaubt, dass wir da nur zufällig vorbeigeschneit sind? Von Murphys Missgeschick mit dem Schweißbrenner mal ganz abgesehen.«

Steven wusste nichts zu erwidern. Sie waren in die Pfandleihe eingedrungen, hatten den Tod von Murphy mitverschuldet und dann das Feuer im Keller entfacht. Als die Panik ausgebrochen war, hatte er den Überblick verloren. Da waren Körper gewesen, die sich ihm in den Weg geworfen hatten, doch er hatte wie durch einen Tunnel nur die Gequälte in der Eisernen Jungfrau gesehen. Das Auflodern des Schweißbrenners in seiner Hand und das Flackern in den Augen der Verbrennenden, die mit Schmerzensschreien von ihm abließen, verblasste in seinem Geist. Als legten trübe Schleier sich darüber.

Nicht jedoch über die Frau.

Er hatte sie nicht retten können.

Wenn Charlie ihn nicht gepackt und hinaus auf die Straße gezogen hätte, wäre auch er dort unten gestorben.

Ich war bereit, dachte Steven, und diese Erkenntnis erschütterte ihn fast so sehr wie das mitverschuldete Leid. Beißender Qualm und das Heulen der Feuerwehrsirenen hatten den Abendhimmel erfüllt, als die beiden über die Straße zu Stevens Taxi gelaufen waren.

Steven nahm den Wasserkocher und übergoss das Kaffeepulver in dem Porzellanfilter. Das vertraute Aroma beruhigte ihn ein wenig.

Charlie stand auf, setzte Chap auf den Kühlschrank und nahm sich ebenfalls einen Becher aus dem Regal. »Mein Dad hat immer gesagt, für ein glückliches Leben braucht es zwei Dinge: eine gute Gesundheit und ein schlechtes Gedächtnis!«

»Den Spruch hat Ihr Dad geklaut«, sagte Steven, während er sich auf das Wasser konzentrierte, das langsam durch das Kaffeepulver sickerte.

»Was ich sagen will: Versuchen Sie, die Dinge, die Sie nicht mehr ändern können, hinter sich zu lassen. Schauen Sie lieber nach vorn.«

»Sie haben ja keine Ahnung, Charlie. Es gibt Sachen, die kann man nicht vergessen, die kann man *niemals* vergessen ...«

»Sie sind nicht für den Tod dieser Leute verantwortlich, Steven. Außerdem hatten sie den –«

»– den Tod verdient?«, fiel Steven ihm ins Wort. »Denken Sie das?«

Charlie schwieg.

»Ich weiß nicht, was für eine kranke Geschichte da unten im Keller gelaufen ist, und ich bereue es nicht, dieser Mördershow ein Ende bereitet zu haben! Aber den Tod verdient?«

Er trat ans Fenster und schaute hinaus. »Wie heißt es so schön? Wer ohne Schuld ist, der werfe den ersten Stein.«

Hinter der verregneten Scheibe schleppte sich der Abendverkehr durch Vancouvers Straßen, eine nicht versiegende rot-gelbe Lichterflut.

Er hatte Sonnys Auftrag angenommen, vielleicht um sich von seinen eigenen Problemen abzulenken, um davonzulaufen. Stattdessen hatte er sich nur noch tiefer in die Abgründe begeben.

Die plötzliche Stille im Raum ließ die Schreie der Sterbenden in seinem Geist widerhallen. Das Echo verging nur langsam.

Als Steven sich schließlich umdrehte, war Charlie auf dem Küchenstuhl zusammengesunken und eingeschlafen. Die weißen Haare waren ihm in die Stirn gefallen, eine Strähne hing halb über dem Rand des Kaffeebechers. Er kannte diesen Mann mit der außerordentlichen Begabung und der sprechenden Puppe nicht. Aber er hatte dem seltsamen Straßenkünstler sein Leben zu verdanken.

Oder zumindest die unmittelbare Zukunft.

Steven ließ ihn schlafen.

Er schleppte sich müde ins Schlafzimmer und öffnete den Nachtschrank. Den schweren Revolver hatte er vor drei Jahren gekauft, als ihn zwei Halbstarke nach einer nächtlichen Taxifahrt zusammengeschlagen und ausgeraubt hatten. Bis zum heutigen Tag hatte er die Waffe nicht benutzt und die sechs Patronen nicht herausgenommen. Er legte den Revolver neben die Nachttischlampe und schaltete das Licht aus.

Erst jetzt bemerkte Steven, dass er am ganzen Leib zitterte, seine Augen tränten, und ihm fiel das Schlucken schwer. Trotz zweier Decken wurde ihm nicht warm.

Die Wände seines Zimmers begannen sich zu verschieben, sich immer enger um ihn zu schließen. Dann wurde das Lärmen und Hupen vom Kingsway allmählich leiser, und die furchtbaren Geschehnisse des Tages glitten hinfort …

Steven Burns träumte in dieser Nacht erneut von seinem Bruder Daniel und von ihrem gemeinsamen Geheimnis: der geisterhaften Stimme, die sie als Kinder in ihrem Schlafzimmer so oft gehört hatten, nachts, wenn die Eltern eingeschlafen waren.

Der ungebetene Gast war ebenso häufig wie unregelmäßig erschienen. Manchmal tauchte er monatelang nicht auf, dann wieder hörten sie das unheimliche Wispern drei Nächte in Folge.

Kalt war die Stimme gewesen, und grausam. Voller Tücke. Aber vermutlich nicht mehr als ein Hirngespinst zweier Jungen, die dank ihrer ausgeprägten Phantasie noch an den schwarzen Mann geglaubt hatten. Die Stimme hatte ihre Namen gerufen. Sie hatte gelacht. Und ihnen gedroht. Und erst nachdem Steven aufgesprungen war und den Lichtschalter neben der Tür betätigt hatte, war die Eiseskälte langsam wieder aus dem kleinen Raum verschwunden.

Niemand hatte ihnen geglaubt, denn es gab Dinge, die wollten nicht geglaubt werden.

Steven träumte auch von Chap.

In dem Traum zwang er sich aus dem Bett, um ein Glas Wasser aus der Küche zu holen. Die Puppe saß noch immer auf dem Kühlschrank, dort, wo Charlie sie zurückgelassen hatte. Die Augen glühten in einem widernatürlichen Schein, der sich immer weiter ausbreitete, als wollte er alles verschlucken.

Steven begriff, dass sein eigener Mund lautlose Worte in die Finsternis entließ. Er begann, von seinen Eltern zu erzählen und von Kim und Jana, von Sonny und von Martha Abrahams und den Kindern, die sie niemals gehabt hatte, und von Murphy. Er berichtete von seiner eigenen Hilflosigkeit und Marthas Schmerz. Sie hatte doch nur helfen wollen, sich und ihrem Mann, und natürlich auch den Kindern. Er dachte an seinen flüchtigen Blick zum Garderobenständer. Und an das Kleid.

Nicht an das Hochzeitskleid, das Martha im Garten getragen hatte. Sondern an das andere …

Plötzlich bestand sein Traum nur noch aus diesem einen Gefühl, das er beinahe schon sein ganzes Leben lang kannte. Dem Gefühl, etwas Wichtiges verdrängt zu haben. Etwas, was tief in ihm verankert war und dessen Wahrheit er fürchtete.

Es wartete auf ihn.

Es lauerte in seinem Unterbewusstsein.

Geduldig, unbeugsam.

Charlie stand an Stevens Bett und lauschte.

Hinter den getönten Gläsern seiner Brille funkelten die Augen aufmerksam. Ab und zu wechselte er einige Worte mit Chap, der wieder auf seiner Schulter saß und gleichermaßen konzentriert beobachtete, wie sich Steven Burns aufgewühlt und von fiebrigen Traumbildern heimgesucht in seinen Laken wälzte.

Schließlich hatte Charlie genug gehört und zog seinen Geist zurück. In einer Stunde war er mit Bakerman verabredet.

Wer war dieser Mann, für dessen Schutz er auserkoren worden war? Welche Phantome trieben ihr Unwesen in seiner Vergangenheit? Die halbleere Ginflasche auf dem Nachttisch und der geladene Revolver daneben sprachen Bände über den Seelenzustand von Burns. Aber da war noch mehr. Charlie hatte es gefühlt und Chap ebenso. Eine fremdartige Präsenz, fast körperlich zu greifen, die in Steven Burns wohnte. Zuerst hatte Charlie geglaubt, es würde sich um einen Funken der Gabe handeln. Schließlich entwickelten sich die außergewöhnlichen Talente eines Menschen oft erst später im Leben, und Steven hatte gerade erst die Grenze zur dreißig überschritten.

Doch nein, es war mehr. Beängstigender. Als ob der Mann da vor ihm auf dem Bett nur ein Gefäß für etwas Größeres war, für eine Saat, die, sobald sie zu sprießen begänne, unvorstellbare Früchte treiben würde.

Chap schlug sich die Hände vors Gesicht.

Charlie wandte sich benommen ab, als ein energisches Kratzen ihn aufhorchen ließ.

»Es sucht nach uns«, flüsterte der unbewegte Mund der Puppe, und es lag Furcht in der Stimme.

Da war etwas. Hinter dem Schlafzimmerfenster.

Charlie meinte ein Schnauben und Röcheln zu vernehmen. Das Kratzen und Schaben wurde heftiger.

»Wir sind im dritten Stock«, hauchte er Chap zu. »Was ist das? Ein Tier?«

Charlie versuchte, die verschwommenen Umrisse hinter der Scheibe klarer zu erkennen. Was er sah, ließ ihn erschauern.

»Es hängt an der Fassade«, keuchte er.

Wie konnte das sein? Was war zu so etwas fähig?

»Kein Mensch«, raunte Chap.

Charlie griff nach dem Revolver, als sich im Fensterglas erste Risse zeigten.

»Es will hier herein«, zischte Chap.

Da waren Klauen mit scharfen Reißnägeln, und dahinter ... Charlie und seine Puppe starrten wie hypnotisiert nach draußen. Was sie dort erblickten, war die grässliche Perversion eines Hundekörpers mit einem menschenähnlichen Gesicht. Wären da nicht die vier, nein, fünf Augenpaare, wahllos verteilt und von Wahnsinn und Gier gezeichnet.

Die feinen Risse im Fensterglas weiteten sich aus. Jeden Moment würde die Scheibe zerbersten, begriff Charlie. Er streckte den Arm aus und zielte mit der Waffe auf den Kopf des Wesens.

Die Augenpaare fokussierten sich abrupt auf den Revolverlauf, dann machte die Kreatur einen Satz und – war verschwunden.

Charlie sprang ans Fenster, aber das Wesen war nirgends mehr zu sehen.

»Es ist weg. Wir haben es verjagt.« Erleichtert senkte er den Revolver.

Die Puppe auf seiner Schulter neigte das Haupt zur Decke, als horche sie aufmerksam. »Es kommt über das Dach und dann durchs Treppenhaus. Es sucht nach uns, verstehst du nicht?«

»Nein«, erwiderte Charlie verängstigt und wandte seinen Blick wieder dem noch immer tief schlafenden Steven Burns zu. »Nein, ich verstehe nicht!«

»Es wittert dich und unsere Gabe!«, sagte Chap mit kalter Überzeugung.

»Aber ...«

»Kein Aber! Du hast zu viele Spuren hinterlassen. Du musst es weglocken oder töten. Du musst für ihn kämpfen.«

Charlie starrte Chap vorwurfsvoll an und deutete aufs Bett. »Ich muss ihn wecken!«

»Nein«, antwortete die Puppe leise. »Diese Aufgabe fällt jemand anderem zu.«

Charlie verstand. Dann verließ er die Wohnung so schnell er konnte.

Die Dachterrasse des Gebäudes war eine nahezu quadratische Betonfläche, in dieser Nacht bedeckt von großen Regenpfützen. Den einzigen Schutz boten die Hausantennen und Satellitenschüsseln, die in dem schneidenden Wind quietschend hin und her wankten.

Vorsichtig setzte Charlie einen Fuß vor den anderen, die geladene Waffe in der einen Hand, die verstummte Puppe in der anderen.

Er konnte spüren, wie es sich versteckte, irgendwo an der Hausfassade. Es umkurvte ihn, wich ihm aus, wartete auf den richtigen Moment, um die angelockte Beute zu reißen.

Es ist primitiv, dachte Charlie. Und tödlich.

»Aber *was* ist es?«

Die Puppe überlegte kurz. »Vermutlich das, wovor Bakerman uns gewarnt hat.«

»Nein, das glaube ich nicht«, widersprach Charlie, als er sich zwischen zwei großen Satellitenschüsseln hindurchpirschte. Beinahe wäre er über das Kabel gestolpert, das sich über den Beton schlängelte.

Fliegende Schatten, wiederholte er im Geiste und schaute zum Himmel empor.

Die Wolkendecke war aufgerissen und entblößte eine Handvoll silbern schimmernder Punkte in der kühlen Nacht. *Was, wenn sie tatsächlich existieren? Und wenn sie uns auch wittern können, so wie diese Kreatur, die hier herumschleicht? Gibt es vielleicht auch den Umkehrschluss? Könnte ich womöglich ebenso ihre Spur …*

Bevor er den Gedanken weiterspinnen konnte, spürte er die Bewegung hinter sich. Sein Instinkt, die Gabe seiner besonderen Wahrnehmung ließ ihn herumschnellen.

Es raste auf ihn zu!

Auf allen vieren, Arme und Beine nicht zu unterscheiden. Die Kreatur sah aus, als wäre sie aus mehreren Lebewesen zusammengeflickt worden. Die Augenpaare bohrten ihre hungrigen Blicke in seinen Verstand.

Charlie schrie.

Er riss den Revolver hoch und drückte den Abzug.

Der Rückstoß ließ ihn taumeln, aber er feuerte, bis die Trommel eine ganze Umdrehung hinter sich hatte und es nur noch hohl klickte.

Die Kreatur brach einen halben Meter vor ihm zusammen.

Dunkles Blut vermischte sich mit dem Regenwasser auf dem Dach.

»Ist es tot?«, fragte Chap leise.

Charlie sagte nichts. Nie zuvor hatte er auf jemanden geschossen. Er machte einen Schritt nach vorn und stieß mit der Schuhspitze vorsichtig gegen den nackten, durchlöcherten Leib. Ein Rippenbogen spannte sich gebrochen unter der ledrigen Haut.

»Ja, tot.« Er warf erneut einen Blick zum Himmel. Zwischen dunklen Wolkenfetzen schimmerten vereinzelte Sterne. »Wie hat es uns nur gefunden?«

»Es muss unsere Spur in der Pfandleihe aufgenommen haben. Dort hast du Dinge berührt«, flüsterte Chap.

Eine Ahnung ergriff von Charlie Besitz, mächtig und erdrückend in ihrer Unausweichlichkeit.

»O nein!«, keuchte der Zauberer.

Die Pfandleihe, die Kreatur, Stevens Träume … Charlie hatte Dinge gesehen, die nicht für seine Augen bestimmt gewesen waren, und jetzt kam es, um auch ihn zu holen. Die Kreatur vor ihm auf dem Beton war nur eine widernatürliche Züchtung gewesen, doch was sich in diesem Moment von oben näherte, war anders …

Die Fliegenden Schatten waren nicht gekommen, um Steven Burns zu suchen. Sie gaben Zeugnis von ihrer Macht, vernichteten die letzten Spuren und löschten aus, was immer sich ihnen in den Weg stellte.

Charlie spürte, wie es mit Gewalt in seine Welt vordrang, noch bevor ihn die Finsternis umfing. Es kam aus der Nacht, so unmittelbar und todbringend, dass keine Möglichkeit zur Flucht bestand.

Das Rauschen der Schwingen über ihm kündete von Alter und Verfall, und bevor er sah, wie der Schatten sich vor die Sterne schob, wie das Firmament über ihm ineinanderzufließen schien, sich zu einem alptraumhaften Abbild formte, begriff Charlie, dass er sterben würde.

Als es ihn packte, entglitt die Waffe seinem Griff, der Boden löste sich unter seinen Füßen, und er wurde hilflos in den Nachthimmel emporgezogen.

Ungläubig starrte Charlie auf das Gebäude unter ihm, das sich in rasendem Tempo verkleinerte und dann in der Dunkelheit verschwand. Die Kälte raubte ihm fast das Bewusstsein. Der Schock der Erkenntnis raubte ihm die Fähigkeit zu schreien.

Während sich das geflügelte Wesen höher schraubte, fuhren immer wieder die rasiermesserscharfen Zähne herab und rissen Fleisch und Knochen aus seinem wehrlosen Körper. Blut ergoss sich pulsierend aus seinen Armstümpfen.

Die ahnungslosen Lichter der schlafenden Großstadt lösten sich im Glanz der Sterne auf, Himmel und Erde verloren an Bedeutung, und mit dem Zerfall des Körpers sickerte auch seine Seele hinaus in die uferlose Schwärze des letzten Atemzugs.

»Ein Engel«, dachte Charlie, als Wolkenfetzen Charlies fahles Gesicht umfingen und ihm die sterbenden Tränen kühlten.

12

Der Signalturm stand als eines der ältesten Wahrzeichen auf einer kleinen Landzunge des Lighthouse Parks in North Vancouver. Umgeben von sechzig Meter hohen Baumriesen landeinwärts erhob sich der über hundert Jahre alte Turm über die steinige Küste. Seit Jahren war er für Besucher geschlossen, auch Leuchtturmwärter wurden seit Ende der 90er Jahre nicht mehr beschäftigt. Eine zentrale Seezeichen-Station überwachte mittlerweile sämtliche Signale vom Festland aus, nur noch selten öffnete sich die schwere Tür für Wartungsspezialisten, um die Reparaturarbeiten an Linsen oder Stromgeneratoren vorzunehmen.

Bakerman stand allein in der gläsernen Kuppel und sah hinaus auf das Wasser, auf dem der Strahl des Turmes in gleichmäßigem Abstand seine Bahnen zog. In der Ferne bewegten sich die Lichter einer Fähre, die auf Vancouver Island zufuhr.

Bakerman hatte einige der Wärter persönlich gekannt. Ein guter Freund, ein ehemaliger Seemann, der das Amt vor zwei Jahrzehnten innegehabt hatte, war aufgrund seines Rheumas in den vorzeitigen Ruhestand versetzt worden. Nie zuvor hatte Bakerman einen Menschen getroffen, für den Beruf und Privatleben so untrennbar miteinander verknüpft gewesen waren. Die Instandhaltung des Turmes sowie die Beobachtung der Gezeiten und des Wetters waren für ihn zur Lebensaufgabe geworden. Keine zwölf Stunden nachdem sein Nachfolger die Stelle angetreten hatte, war der Mann mit einem Bleigürtel um die Hüften ins Wasser gesprungen.

Heutzutage war der abgelegene Turm ein beliebtes Ziel für Touristen und besonders für Fotografen, die von der felsigen Küste aus ihre Bilder machten.

Bakerman schaute auf die Uhr. Es war spät geworden. Joyce Kramer hatte sich noch immer nicht gemeldet. Und auch Charlie war nicht erschienen, obwohl es die Idee des Bauchredners gewesen war, sich hier am Lighthouse Park zu treffen. Bakerman nahm an, dass der junge Zauberkünstler Lil Hastings aus dem Weg gehen wollte. Die resolute Frau hatte etwas dagegen, dass sich die Aufgaben der Trudeau-Kommission mit den Schicksalen ihrer Zöglinge vermischten. Warum dies so war, konnte Bakerman nur vermuten.

Jemand kam die Treppe herauf.

Bakerman wandte sich um. Er stutzte. Die Frau war klein, ihre Haare bauschig wie Zuckerwatte und violett schimmernd.

»Was für eine Überraschung!«, begrüßte er die Zauberin.

Lil Hastings Miene war ernst. »Sie warten auf Charlie, nicht wahr?«

»Gut möglich.«

»Er wird nicht kommen.«

Bakerman verbarg die Hände in den tiefen Taschen seines Mantels. Sein Gesicht war ungerührt. »Und warum nicht?«

»Weil er nicht kann«, seufzte Lil Hastings, als hätte sie vor wenigen Minuten festgestellt, dass ihr unerwartet ein liebgewonnener Samthandschuh abhandengekommen war.

»Und deshalb sind *Sie* gekommen?«, fragte Bakerman tonlos. »Um mir das mitzuteilen?«

»Nein. Ich habe beschlossen, Ihnen noch etwas anderes zu offenbaren, Mr Bakerman«, sagte sie. »Sie sind der Wahrheit schon nahe, und mir bleibt keine Wahl, als Ihnen ein Geheimnis anzuvertrauen, bevor es *Sie* entdeckt.«

Bakermans Mundwinkel zuckten. »Bevor das Geheimnis mich entdeckt?«

»So ist es. Es geht um diesen Ort.«

»Um Point Atkinson? Um den Leuchtturm?«

»Und um ganz Vancouver. Eine Stadt, von der es heißt, sie sei auf uraltem Land erbaut.«

»Die ganze Welt besteht aus uraltem Land«, erwiderte Bakerman kühl. »Was sollen die Spielchen? Wo ist Charlie?«

»Es gibt Plätze auf dieser Welt, die sind älter als die Welt als solche. Aber Sie werden mir nicht glauben, wenn Sie es nicht am eigenen Leib erleben.«

»Meine Zeit ist knapp bemessen. Was macht Sie so sicher, dass ich an Ihren Rätseln interessiert bin?«

Lil Hastings öffnete ihre zu Fäusten geballten Hände, feiner Staub rieselte zu Boden. »Oh, Sie sind interessiert, glauben Sie mir.«

Er trat einen Schritt zurück. »Was tun Sie da?«

»Ich öffne Ihnen eine Tür.«

Bakerman wurde von einer plötzlichen Unruhe befallen. Ihm gefiel nicht, wie die Frau ihm ihren Willen aufzwang. »Eine Tür wohin? Sagen Sie mir, was Sie vorhaben!«

»Wir haben eine Abmachung getroffen, Bakerman. Und die verlangt gegenseitiges Vertrauen.«

»Aber …«

Im nächsten Moment wurde das Innere des Turmes von einem gleißenden Licht erfüllt.

Geblendet stolperte Bakerman zurück.

Die Farben der Welt vergingen, erstarben in weißem Glanz, verwandelten sich zu grellem Staub, der weiß die Lungen füllte, weiß auf der Zunge schmeckte und weiß in den Ohren hämmerte.

Bakerman griff sich an die Schläfen, dann riss er die Augen auf und sah alles.

Weiß …

Nur noch Weiß …

Rein und schön und ohne Makel …

Als er wieder zu sich kam, merkte er, dass sie nicht länger im Turm waren, sondern draußen an der frischen Luft. Eine salzige Brise kam über die Felsen und strich durch die hohen Zweige der Baumriesen. Lil Hastings hatte ihn hinaus in die Nacht geführt. Ihre Hand hielt sanft, aber bestimmt seinen Arm.

»Was haben Sie mit mir gemacht?«, keuchte er. Das Atmen fiel ihm schwer.

Lil Hastings lächelte.

Jenseits des Ufers, wo die Skyline Vancouvers hell hätte leuchten müssen, war nur Schwärze. Auch der Lighthouse Park schien verändert. Die Hinweisschilder waren verschwunden, die Wege verliefen anders als gewohnt.

Frieden, das war Bakermans erster Gedanke. Obwohl er beinahe zu schwach war zum Gehen, ergriff ihn eine Ehrfurcht vor der abgeschiedenen Ruhe dieses Ortes.

»Das ist nicht –« Ihm versagte die Kraft beim Sprechen.

Die Frau stützte ihn weiter, doch auch sie schien schwächer zu werden. »– nicht die Gegenwart«, führte sie den Satz zu Ende. »Daher können wir hier auch nicht allzu lange verweilen.«

Vor dem Leuchtturm, der sein Signalfeuer weiterhin über den Horizont gleiten ließ, erstreckte sich eine gemähte Rasenfläche. Vor ihnen auf dem feuchten Untergrund lagen menschliche Körper aufgebahrt: in sieben Reihen. Die neunundvierzig Männer und Frauen, alle nur mit einem Leinenschurz bedeckt, weckten in Bakerman die Erinnerung an Bilder von frisch ausgehobenen Massengräbern aus dem Krieg. Mit dem Unterschied, dass die hier Liegenden gänzlich unversehrt waren. Ohne sichtbare Verletzungen. Es schien, als schliefen sie bloß. Aber sie waren tot, daran bestand für ihn kein Zweifel, auch wenn die Leichen noch nicht den Zustand der Verwesung erreicht hatten.

Über allem lag eine gespenstische, fast vollkommene Stille, die in Bakerman die unstillbare Sehnsucht nach der Schönheit des Vergangenen weckte.

Er blickte auf, das angestrengte Atmen ließ seine Brust leise rasseln.

Abseits, zwischen den Stämmen der Bäume, waren Kinder zu erkennen. Weinende Kinder, deren Schluchzen jedoch nicht zu hören war.

»Sie sehen uns zu«, flüsterte er.

Lil Hastings führte ihn weiter. Er spürte das weiche Gras unter seinen Sohlen, doch hinterließen weder er noch die Zauberin Abdrücke.

»Es sind Geister, nicht wahr? Vergessene Abbilder der Toten, gefangen an diesem Ort.«

Die Frau an seiner Seite nickte. »Ja, sie alle sind an diesen Ort gebunden. Und an Vancouver.«

»Warum? Was hält sie hier?« Bakerman konnte den Blick nicht von den Kindern abwenden, deren Tränen im Leuchtfeuer des Turmes glitzerten.

Sie waren ihm unbekannt, obwohl er in den vergangenen Wochen die Vermisstenanzeigen ungezählte Male durchgegangen war. Ihre Kleider waren zerschlissen, überholt und farblos, die Haare kurzgeschnitten.

Ein Mädchen, nicht älter als sechs, suchte seinen Blick. Bakerman konnte nicht sagen, ob sie vor Glück oder vor Trauer weinte. Es war, als würden ihre Empfindungen nicht länger hinter einer Fassade zurückgehalten, sondern tobten ungezügelt wie Schneeflocken im Winterwind über ihr erbleichtes Antlitz. Sie war ganz und gar rein. Rein in ihrer endlosen Verdammnis unter dem Himmel einer verlorenen Zeit.

Auch Bakerman spürte eine feuchte Spur über sein Gesicht gleiten. Lange und schweigend stand er einfach da, ohne auch nur den Versuch zu machen, seinen Gefühlen Namen zu geben.

Irgendwann bemerkte er, dass die Frau an seiner Seite wieder zu sprechen begonnen hatte. Er löste sich vom Anblick der Toten am Boden und der Kinder am Waldrand, und allmählich formten sich die Worte von Lil Hastings zu einem Sinn.

»... vor über einhundert Jahren. Sie waren hier in Vancouver zusammengekommen, um zu sterben. Sie alle verfügten über das, was wir die Gabe nennen.«

»Warum?«, hauchte Bakerman. Seine Stimme klang, als würde er sie zum ersten Mal benutzen.

»Warum sie sterben wollten? Es war eine Flucht. Die Flucht vor sich selbst.« Lil Hastings führte Bakerman durch die Reihen der Leichen, ohne hinzusehen.

Offenbar wussten ihre Füße, wohin sie treten durfte. »Unsere Gabe ist Geschenk und Fluch zugleich. Sie öffnet ein Portal, einen Spalt, und – lockt etwas an. Etwas Fremdes.«

Bakerman hielt inne. Er verspürte den Drang, eine der Ewigschlafenden auf dem Gras zu berühren. Er wollte die Haut spüren, den Tod, den Frieden. Aber er zuckte zurück, kurz bevor seine Fingerkuppen die Wange der Frau erreicht hatten, und wandte sich wieder Lil Hastings zu, die ihn wortlos beobachtete.

»Glauben Sie, auch diese geflügelten Kreaturen werden durch den Einsatz der Gabe angelockt?«

»Die Fliegenden Schatten? Was für eine lächerliche Begrifflichkeit angesichts dessen, was sie wirklich sind!«

»Sie existieren tatsächlich.«

»Nun«, sagte sie zögernd, »zumindest begünstigen gewisse Orte und Regionen sowohl *unsere* Kräfte als auch die der *anderen* Seite!«

»Die andere Seite«, wiederholte Bakerman, während sie ihren Weg durch die sieben Reihen der erstarrten Körper fortsetzten.

»Diese Menschen konnten mit ihrer Bürde nicht länger leben. Sie wählten Gift und schieden von uns. Und so haben sie diesen Platz zu etwas Unvergleichlichem werden lassen.« Sie blickte empor zum Leuchtturm. »Zu einem Leuchtfeuer für alle, die Ihnen nachfolgen.«

Bakerman hörte sie kaum noch. Inmitten der kleinen Gesichter am Waldrand hatte er ein bekanntes ausgemacht.

»Charlie!«

Er verließ die Umklammerung der Frau an seiner Seite und taumelte vor. »Charlie …«

Der blasse Mann hob die Hand zum Gruß, dann begann er zu sprechen.

»Ich höre ihn nicht«, rief Bakerman, als er Lil Hastings' Griff an seiner Schulter fühlte.

»Wir müssen ihn zurücklassen, Bakerman.«

»Aber er will mir etwas sagen!«

Charlies Worte klangen wie aus weiter Ferne und erreichten Bakerman erst, als sich die Lippen bereits wieder geschlossen hatten: *Auch damals wurden sie von ihnen geholt. Kinder. Immer wieder Kinder.*

Lil Hastings schien ernsthaft besorgt. »Kommen Sie, wir müssen zurück in den Turm.«

»Verstehen Sie denn nicht? Er hat eine Botschaft für mich!«

»Nein, *Sie* verstehen nicht. Wenn wir nicht sofort umkehren, werden wir hier auf ewig vereinnahmt«, rief sie und zerrte ihn energisch mit sich, den Trampelpfad zum Leuchtturm hinauf.

Bakerman wusste, dass die Zauberin recht hatte. Er konnte fühlen, dass ihre Anwesenheit an dieser Stätte der Vergängnis nicht gut war. Sie gehörten in das Reich der Lebenden, in ihre eigene Zeit. Dennoch konnte er nicht fort, ohne Charlie angehört zu haben.

Der junge Mann war tot, erkannte Bakerman. Wie sonst konnte er hier erscheinen? *Tot, weil ich ihn auf Steven Burns angesetzt habe. Tot, weil ich eine alte Schuld von ihm eingefordert habe, die ich niemals hatte einfordern wollen.* Bakerman begriff, dass er Charlie zum Werkzeug gemacht hatte, und das mindeste, was er noch für ihn tun konnte, war zuzuhören. Ein letztes Mal.

Die Kinder, Bakerman ...

»Was ist mit den Kindern, Charlie?«, rief er zum Rand der Lichtung. »Warum sind sie verschwunden?«

Der Strahl des Leuchtturms wurde stärker und heller. Schon verblassten die ersten Umrisse der Bäume in einem weißlichen Schein.

Steven hat mit ihr gesprochen, kam es brüchig zur Antwort. *Nur sie weiß es.*

»Steven? Mit wem hat er gesprochen?«

Charlies unterlaufene Albinoaugen glitzerten traurig.

Er hat ihr Kleid gesehen. Es war nur ein Kostüm, aber er hat es nicht erkannt. Er glaubt, sie … wäre … wirklich eine … Krankenschwester … gewesen … Dabei … wollte … sie … nur …

Bakerman wurde von Lil Hastings durch die Tür gezogen. Sein Mund formte die Worte, die Charlie nicht mehr hatte sagen können. »… eigene Kinder!«

Dann verschwand für einen Moment alles Licht und alle Dunkelheit.

Sie standen sich am Parkplatz wortlos gegenüber, bis Lil Hastings schließlich die verrostete Fahrertür ihres VW-Käfers öffnete und einstieg.

»Ich werde ihn nicht wiedersehen, oder?«, fragte Bakerman, der die Antwort kannte.

Sie zögerte. »Nein«, sagte sie schließlich. »Charlie ist tot.«

»Und *Sie* wissen, wer oder was ihn ermordet hat.«

»Es gibt Stätten auf dieser Welt, an denen fließen eigenartige Energien. Manche nennen sie Kraftfelder oder sprechen von übernatürlichen Auren. Vancouver ist einer dieser Orte. Wir sammeln uns hier, wir versuchen zu ergründen, versuchen herauszufinden, wer zu den Freunden zählt und wer nicht. Aber wir wandeln auf einem schmalen Grat.«

»Meine Leute werden getötet!«, entfuhr es Bakerman. »Und Sie wollen mir die Wahrheit vorenthalten?!«

»Auch meine Leute sterben«, entgegnete die Zauberin kühl. Dann startete sie den Wagen und fuhr davon.

Bakerman blickte ihr nach, bis die Rücklichter in der Dunkelheit verschwunden waren. Anschließend holte er sein Mobiltelefon aus der Manteltasche, um zu sehen, ob Nachrichten von seinen Mitarbeitern eingegangen waren. Als sein Blick auf die Uhrzeit fiel, verspürte er ein unangenehmes Ziehen in der Magengegend. Joyce hätte sich vor über sechs Stunden melden müssen.

13

Die Luft in der Truhe war merklich schlechter geworden. Ihre Finger waren verkrampft.

»Mist!«, fluchte Joyce Kramer nicht zum ersten Mal und steckte das Taschenmesser wieder ein, dessen Klinge bereits stumpf war. Sie hatte versucht, das alte Holz von innen aufzubrechen, aber sie würde Stunden dafür benötigen – und deutlich härteren Stahl.

»Mist, Mist, Mist!«

Es war wie damals, in Ravenstone. Man hatte sie ans Bett fixiert, so wie den Obdachlosen aus dem VanDrusen Botanical Garden, die Handgelenke und Fersen mit Lederschlaufen an den Rost gefesselt. Und das nur, weil sie bereits am Tag nach ihrer Einlieferung den Versuch unternommen hatte, aus der Nervenheilanstalt zu fliehen. Ein verzweifeltes neunjähriges Mädchen ohne Zuhause und voller Angst. Die Aufseher hatten sie zwei Meilen nördlich des Geländes aufgespürt und zurückgebracht.

Hilflos musste Joyce in jener Nacht miterleben, wie die anderen Mädchen in ihren grauen Nachthemden am Bett aufgetaucht waren. Stumm wie Gespenster, mit leeren Blicken und eisigen Fingern. Sie hatten ihr mit einem Trichter eine sirupartige Medizin eingeflößt, die ihr wie verdorbener Honig die Kehle hinuntergeflossen war. Als das Narkotikum nachgelassen hatte, war sie in Finsternis erwacht. Noch immer bewegungsunfähig, hatte sie sich der lähmenden Befürchtung ergeben, lebendig begraben worden zu sein.

Nie wieder hatte Joyce Kramer eine derartige Hoffnungslosigkeit gespürt.

Zwei Stunden später waren die Wärter erschienen und hatten sie von den Sandsäcken befreit, die ihr die Mädchen auf die Gelenke gebunden hatten.

Joyce atmete tief ein, wobei das Schwindelgefühl weiter zunahm. »Verdammter Mist«, stöhnte sie ein letztes Mal und tastete resignierend nach der Beretta, entsicherte die Waffe und zählte bis fünf.

Sie würde schnell sein müssen. Sehr schnell.

Der Schuss sprengte fast ihr Trommelfell, aber auch das Schloss. Ein kräftiger Tritt, und der Deckel der Seemannskiste fiel krachend zu Boden.

Benommen vom Schmerz in ihren Ohren zerrte sie sich aus der Truhe. Die Öllampe auf dem Schreibtisch spendete ein diffuses Licht und warf ihren Schatten über die geheimnisvollen Karten und Markierungen an den Wänden.

Unsicher wankte Joyce zur Tür. Ihre Beine waren noch nicht wieder richtig durchblutet, zudem war ihr etwas schwindlig.

Unten im Treppenhaus hörte sie Jasper Lazars zornige Stimme: »Das kam von oben, Victor!« Dann hallten die schweren Schritte von Männern durch die Flure der unteren Etage.

Dieser Fluchtweg war abgeschnitten.

Also wählte sie die Treppenstufen nach oben.

Wenn es ihr nur gelang, das Dach zu erreichen, könnte sie sich von dort einen Überblick über das Gelände verschaffen. Einen Weg nach unten gab es immer. Der Park würde ihr Schutz bieten.

Sie rannte so schnell sie konnte.

Aus dem Untergeschoss drangen aufgebrachte Rufe empor.

Joyce hielt sich am Geländer fest und wirbelte um die letzte Biegung hinauf in den vierten Stock. Am Ende der Stufen stieß sie mit einem Mädchen zusammen.

»Tun Sie mir nichts!«, rief die ihr bereits bekannte Stimme.

Die junge Frau aus der Küche.

Im nächsten Moment traf Joyce der Eimer mit Essensabfällen am Kopf und schleuderte sie zurück. Beinahe hätte ihr noch immer gestörter Gleichgewichtssinn sie über die Balustrade stürzen lassen, doch im letzten Moment bekam sie die hervorstehende Stirnwölbung eines eingemeißelten Engels zu fassen.

»Tun Sie mir bitte nichts!«, kreischte die Haushaltshilfe von Jasper Lazar erneut.

»Zu spät!«, zischte Joyce wütend. Die Entladung ihres kleinen Elektroschockgerätes zersprengte die akkurate Frisur nach allen Seiten. Ohnmächtig und am ganzen Körper zuckend, stürzte das Mädchen die Treppe hinunter.

»Oh, immer noch auf höchster Stufe«, registrierte Joyce Kramer mit einem Anflug von schlechtem Gewissen, das jedoch verging, als sie den widerwärtigen Gestank der breiigen Masse wahrnahm, die ihr über die Schultern sickerte.

»Was zum Henker …?«

Von unten hörte sie wieder Männerstimmen. Sie klangen noch aufgebrachter. Offenbar hatten die Wachen die aufgesprengte Truhe gefunden. Joyce blickte sich gehetzt um: Auf dem Gang gab es drei hohe Fenster und nur eine Tür am hinteren Ende. Sie ließ eine der Scheiben mit einem kräftigen Tritt zerbersten. Dahinter fiel die Mauer steil ab. Unten wuchsen weder Büsche, noch gab es etwas anderes, was ihren Sturz abfangen würde.

Blieb also nur die Tür.

Mit ein bisschen Glück würde sie ihre Verfolger auf die falsche Fährte locken und so lebenswichtige Sekunden gewinnen.

Die Tür war nicht wie die anderen aus Holz, sondern aus massivem Eisen und zudem dreifach mechanisch verriegelt. Erstaunlich gut gesichert, wunderte sich Joyce, und die Erinnerung an das kuppelförmige Gewächshaus, das sie vom Park aus gesehen hatte, kehrte zurück.

»Du siehst oben nach, du da hinten!«, hörte sie Jasper Lazar brüllen.

»Und das Mädchen?«, rief jemand.

»Was schert mich das Mädchen?!« Ein Schuss ertönte.

Joyce zögerte nicht länger, sie öffnete die Tür und schlüpfte hindurch. Zwar konnte sie die Riegel nicht wieder in die ursprüngliche Position bringen, aber alles, was sie jetzt brauchte, war ein wenig Zeit, um sich zu orientieren. Ein kleiner Vorsprung genügte.

Nur langsam gewöhnten sich ihre Augen an das Zwielicht. Über den Boden zogen sich Leuchtstäbe und spendeten entlang der Anpflanzungen ein gedämpftes ultraviolettes Licht. Düster schimmernde Metallkonstruktionen gaben den Gewächsen in den Beeten Halt und versorgten sie gleichzeitig mit Flüssigkeit. Die Luft war unangenehm feucht und warm.

Neben der Tür hing eine Hochdruckflasche mit Schalthebelventil und spitz zulaufendem Düsenkopf.

»Trockeneis«, las Joyce auf dem Etikett. Sie wusste,

dass sich damit die Reinigung von Maschinen optimieren ließ. Ein solches Verfahren reduzierte Abnutzungserscheinungen auf ein Minimum. Das Trockeneis verwandelte sich nach dem Reinigungsprozess wieder in Gas und sublimierte ohne Rückstände in der Atmosphäre. Es war geruchsneutral, ungiftig und äußerst effizient.

Verwirrt über Lazars ausgeprägte Liebe zur Gärtnerei in Verbindung mit einer eisernen Sicherheitstür stieg Joyce über die Beete hinweg, um zum hinteren Teil der gläsernen Kuppelwand zu gelangen. Dort glaubte sie eine Pforte nach draußen auf einen winzigen Balkon zu erkennen.

Zweimal blieb sie an etwas hängen, das sie für Dornen hielt.

Schließlich verfing sich ihr Hosenbein endgültig in einer der Pflanzen; das Geräusch des reißenden Stoffes war verräterisch laut.

Joyce hielt inne und lauschte in die Stille. Entweder wirkte die Konstruktion schalldämpfend, oder es war im Haus jenseits der Eisentür tatsächlich seltsam ruhig geworden.

Sie drehte sich um, wollte mit schnellen Schritten weiter zur Balkontür, als etwas sie erneut aus dem Tritt brachte. Es schien sie regelrecht festzuhalten.

»Das darf doch wohl nicht wahr sein!«

Sie bückte sich, um sich aus den Verästelungen am Boden zu befreien.

»Was …?« Joyce schnappte nach Luft, nicht imstande, sich dem Anblick zu entziehen.

Aus der braunen Erde zu ihren Füßen ragte eine pigmentlose Hand. Eine einzelne menschliche Hand mit sieben Fingern, lang wie Spargelstangen.

Sie konnte den Schrei nicht zurückhalten, als sich

die Finger blitzartig um ihren Arm schlossen und von dort weiter ihren Körper emporschlängelten.

Sie wurde von der unnatürlichen Kraft heruntergezogen. Einer der Finger berührte ihre Lippen, tastete sich hastig weiter vor und drang in ihre Mundhöhle ein. Im nächsten Augenblick spürte sie den schleimigen Fleischstrang, die Parodie einer menschlichen Gliedmaße, in ihrem Hals. Sie musste würgen und konnte nicht länger die Panik unterdrücken, die in ihrer Brust aufgestiegen war.

Sie schrie und schrie, während zwei weitere Finger über ihr Gesicht wischten.

Dann feuerte die Beretta, und die zu unwirklichem Leben erwachte Hand fiel in sich zusammen wie eine tote Spinne. Keuchend sackte Joyce zurück und spuckte mehrmals aus.

Die Wolkendecke war aufgebrochen. Im Licht des Mondes erkannte sie den wirklichen Verwendungszweck dieses Gewächshauses. Vom Eingang aus verborgen hinter einigen Reihen gewöhnlicher Kräuter und Sträucher wuchsen hier oben einzelne mutierte Körperteile, organisches Zellmaterial, gezüchtet und angepflanzt wie Gemüse in der geisteskranken Phantasie eines kannibalistischen Gärtners. In netzförmige Kokons gebettet oder von Metallbändern gehalten, regten sich auf dem erdigen Untergrund menschliche Arme und winzige Brustkörbe von Tieren, behaart und verformt. Im ultravioletten Schein eines Leuchtstabes blinzelten Augen, in einer sandfarbenen Teigmasse schwimmend.

»Was ist das?«, stammelte Joyce fassungslos. »Was ist das alles?«

Was für einen pervertierten Forscherdrang befriedigte Jasper Lazar hier oben? Ihr schoss ein Bild durch den Kopf, das vor Jahren um die Welt gegangen war: eine Nacktmaus, der nach Einimpfen von Knorpelzellen ein menschliches Ohr auf dem Rücken gewachsen war. Aber diese Schöpfungen hier ähnelten keiner Lebensform, der Joyce Kramer zuvor begegnet war.

Plötzlich erhob sich ein Rascheln und Klopfen, wie von unzähligen Insekten verursacht, und erfüllte sogleich den kuppelartigen Bau. Entsetzt erkannte Joyce, dass einige der kniehohen Metallgerüste bereits leer waren.

Etwas streifte ihr Bein.

Sie wich zurück, zog den Abzug ihrer Beretta durch. Die gallertartige Masse unter ihr quiekte schrill und huschte davon.

Der gesamte Boden schien in Bewegung zu geraten.

Joyce sprang auf, nicht in der Lage zu entscheiden, welcher Ausgang der sicherere war, und taumelte kreischend zwischen den Körperteilen von Tier, Mensch und abnormen Kreuzungen umher.

Sie feuerte ihr ganzes Magazin leer.

»Ich muss hier raus!«

Der Balkon war zu weit weg, ihr blieb also nur der Rückweg. Sie stolperte über eine Stahlstütze, an der eine schmierige Substanz klebte, pulsierend und mit winzigen Widerhaken übersät. Joyce verlor das Gleichgewicht und prallte mit dem Rücken gegen die Wand. Sie verspürte ein schmerzhaftes Ziehen an der Innenseite ihres linken Oberschenkels. Dort hatte sich ein sechsbeiniges Objekt festgesetzt, groß und rund wie ein Tennisball, das nur aus Adern und Nervensträngen zu bestehen schien. Schmatzend verbiss sich das Ding in ihrem Fleisch.

Joyce schrie aus Leibeskräften, vor Schmerzen und vor Ekel. Sie presste den Elektroschocker an das Wesen und schickte eine tödliche Ladung nach der anderen durch die Elektroden.

Schmorend fiel es von ihr ab.

Doch die Stromimpulse jagten auch durch ihren Körper. Die Waffe entglitt ihrer Hand, und sie konnte sich nicht länger auf den Beinen halten. Im Sturz bekam sie den Trockeneisstrahler zu fassen, vergebens suchte sie nach Halt und riss ihn mit sich zu Boden. Ihr Blick verklärte sich zunehmend, wurde unscharf.

Über ihr schwang die Eisentür auf.

Da war ein Mann. Vermutlich einer der Wachleute. Seine Worte klangen wie aus einem fernen Traum: »Na, Püppchen«, lachte er. »Suchen wir hier was Schönes?«

Die Umrisse einer Maschinenpistole kamen näher. Sie konnte den Lauf sehen, eine dunkle Röhre, die den Tod verhieß.

»Nein«, röchelte Joyce. Ihre Muskeln zuckten noch immer in wilden Krämpfen. Mit aller Macht bäumte sie sich gegen die drohende Bewusstlosigkeit auf.

Der Mann beugte sich langsam zu ihr hinunter. »Was hast du gesagt, Püppchen?«

»Ich sagte nein!«

Es zischte laut, im nächsten Moment brach die Wache in der Ecke zusammen. Die Hände waren am Gesicht festgefroren. Die Sublimierung des Gases ließ es zu Eis werden und das Gewebe darunter absterben.

Joyce löste ihre Finger vom Abzug der Trockeneisflasche und schleppte sich an dem Mann vorbei auf den Flur.

Wie aus weiter Ferne drang der Klingelton ihres Handys zu ihr durch.

»Bakerman«, dachte Joyce verzweifelt, aber da spürte sie bereits die Ohnmacht.

Das Letzte, was sie wahrnahm, bevor sie mit letzter Kraft die Tür mit ihrem Bein schließen konnte und endgültig zusammenbrach, war etwas Bleiches, Schlangenhaftes, das sich um den Bauch des Mannes gewickelt hatte. Und sein ersticktes Flehen.

14

Seit über zwei Stunden hatten sie kein anderes Fahrzeug mehr gesehen, das wie sie auf dem Weg nach Norden war. Der Greyhound schlingerte zuweilen ein wenig auf dem feuchten Asphalt des Highways, aber abgesehen davon fühlte sich Bernard Cardieux seit Wochen endlich wieder verhältnismäßig sicher.

Zwar schmerzte sein Rücken, und sein linker Fuß war zum zweiten Mal innerhalb von zwanzig Minuten eingeschlafen, aber das nahm er gerne in Kauf, solange er nur ausreichend Ruhe für seinen rastlosen Geist fand.

Mittlerweile hatte er bereits siebzehn von sechsundfünfzig Stunden Busfahrt hinter sich gebracht, und keiner der anderen elf Reisenden hatte ihn angesprochen.

In zwei Tagen würde er Whitehorse erreicht haben und von dort weiter nach Dawson City fliegen. Und dann nach Eden Creek.

Bernard Cardieux fuhr mit den Handflächen behutsam über die gebundene Ledermappe auf seinen Knien. Sie enthielt sämtliche seiner Aufzeichnungen und Schlussfolgerungen. Alles, was er in Erfahrung gebracht hatte, ruhte hier auf seinem Schoß. Er war ihnen auf die Schliche gekommen. Jetzt folgte er ihrer Fährte, um die Wahrheit bestätigt zu finden, vor der er sich schon seit Monaten fürchtete.

Er drehte die kleine Lampe, die er provisorisch oberhalb des Sitzes befestigt hatte, und löste die Seidenkordel, mit der die losen Blätter in der Mappe zusammengehalten wurden.

Die Zeichnungen verschwammen vor seinem Blick. Nur mit Mühe konnte Bernard Cardieux ein weiteres Gähnen unterdrücken. Er griff in seine Hemdtasche, drehte den Verschluss der durchsichtigen Plastikdose behutsam auf und entnahm ihr zwei Pillen. Er durfte jetzt nicht schlafen.

Joyce Kramer glaubte, er säße in einem Zug. Das war gut. So würden sie und Bakerman länger brauchen, um seine Reiseroute zu rekonstruieren. Dumm genug, dass er sein Ziel, Eden Creek, verraten hatte. Die Medikamente hielten ihn zwar wach, schärften aber leider nicht seine Konzentration.

Er konnte niemandem vertrauen. Sie folgten ihm überallhin, und ihre blindgläubigen Verehrer kleideten sich in die trügerischen Roben der Alltäglichkeit und des Allerweltsbürgers. Also durfte er auch der Kommission nicht trauen! Das war auch der Grund, weshalb er sich gegen das deutlich schnellere Fliegen entschieden hatte: Flugpassagiere wurden registriert.

Ein letztes Mal kontrollierte Bernard Cardieux sein Bildtelefon. Wie beabsichtigt, war es ausgeschaltet und sendete keinerlei Signal, das sich zurückverfolgen ließe.

Dann endlich gewann die Zeichnung vor ihm an Kontur.

Es war eine Schwarzweißkopie, in Eile angefertigt und an den Rändern unscharf, vermutlich wegen des zur Neige gehenden Toners im Laserdrucker der Bibliothek. Aber es reichte aus, um es zu erkennen. Bernard Cardieux erschauderte.

Er warf einen Blick über die Schulter, doch es war weit nach Mitternacht, und die meisten im Bus schliefen, während draußen die Nacht an ihnen vorbeizog. Massige Berghänge formten eine gezackte Linie vor dem Horizont.

Er stellte die Lampe noch heller und fokussierte seinen Blick wieder auf das Bild in seiner Hand. Er hatte es in den verstaubten Archiven der Archäologischen Gesellschaft gefunden. Obgleich es nur ein Nachdruck des Originals war, zeigte es dennoch, wonach er so lange geforscht hatte: eine geflügelte Kälte, erschaffen aus bedrohlicher Lichtlosigkeit und unausweichlichem Tod, den mittelalterlichen Vorstellungen eines Himmelsgeschöpfes ähnlich. Ein zum Leben erwachter Alptraum.

Sie waren schon früher aufgetaucht, an ganz speziellen Orten. Nicht nur in Vancouver, nicht nur in Kanada, sondern an verschiedenen Orten. Ihnen war gehuldigt worden, und nach allem, was er ergründet hatte, ahnte er, wonach sie suchten: *lupi spuma*.

Nur das Warum blieb ihm nach wie vor ein Rätsel.

Nachdenklich schob Bernard Cardieux das Blatt zurück in die Mappe, nicht ohne ein paar Worte zu flüstern, die ihn schützen sollten. Ein sinnloser Aberglaube, aber dennoch ...

Er hatte dem abgebildeten Wesen auch einen Namen gegeben, um es seines Schreckens zu berauben: »Mein Grauer Engel!«

Etwas berührte ihn am Arm. Er zuckte zusammen und wandte überrascht den Kopf. Eine ältere Frau stand neben ihm im Gang.

»Was?«, fuhr er nervös aus dem Sitz hoch. »Habe ich etwa geschlafen?«

»Ja, ja«, sagte die Frau und schob ihr Haarnetz zurecht. »Ich sitze direkt hinter Ihnen.«

Bernard Cardieux starrte sie an, dann wanderte sein Blick über die anderen Reihen. Es war noch immer dunkel draußen, der Rest des Greyhounds ruhte friedlich versunken in den Armen des Schlafes. »Ja und?«

»Das hier lag zwischen meinen Füßen. Gehört es Ihnen?«

Sie hielt ihm zwei engbedruckte Seiten Papier vor die Nase, die er sofort als die seinigen identifizierte.

»Müssen mir runtergefallen sein. Danke.« Heftiger als beabsichtigt riss er ihr die Ausdrucke aus der Hand.

Die alte Frau kicherte amüsiert und hielt sich scheinbar verlegen die Hand vor die zu stark geschminkten Lippen. »Was macht denn Ihre Firma so für Geschäfte?«

»Wie bitte?«

»*NA Tungsten*, das steht auf den Zetteln«, wisperte sie verschwörerisch. »Was machen die denn so?«

»Die schürfen nach …« Cardieux stockte.

»Wie bitte?«

»Vergessen Sie's! Das ist nicht meine Firma. Das sind nur Recherchen.« Er verstaute die Papiere in seiner Mappe, verschnürte sie wieder sorgfältig und prüfte anschließend die Festigkeit des Knotens. »Wollen Sie nicht wieder schlafen gehen? Es ist spät.«

»Ach, in meinem Alter braucht man nicht mehr viel Schlaf«, sagte sie und setzte sich auf den freien Platz an seiner Seite. »Eine komische Lampe haben Sie da über Ihrem Sitz.«

Was wollte diese Frau von ihm? Hatte er sie nicht schon irgendwo gesehen? Natürlich, am Busbahnhof in Vancouver. Aber davor? Er konnte sich an keine Begegnung erinnern, aber eine solche auch nicht ausschließen. »Verfluchte Medikamente«, schimpfte

Bernard Cardieux innerlich und erwiderte laut: »Eine Tageslichtleuchte, gegen … äh … Depressionen.«

»Tageslichtleuchte?« Ihre Augen verengten sich, als sie in das grelle Licht stierte, das beide Sitze umfloss. »Wenn jemand Sie von draußen so sieht, denkt er noch, Sie wären ein Heiliger. Mit so einem Lichtkranz über dem Kopf.« Wieder hielt sie sich beim Lachen die Hand vor den Mund.

Bernard begann zu schwitzen. Hatte sie wirklich nur zwei seiner Blätter gefunden? Er musste die Unterlagen unbedingt überprüfen. Aber dafür musste er zuvor die Alte loswerden. Und zwar so schnell wie möglich.

»Und? Was ist nun mit Ihrer Lampe?«, hakte sie nach.

Seine Finger krallten sich um seine Knie, und er wählte einen freundlichen, aber belehrenden Tonfall. »Herkömmliche Glühbirnen verbreiten ein völlig anderes Farbspektrum als natürliches Tageslicht. Sie ermüden unsere Augen, führen zu nachlassender Konzentration und Kopfschmerzen – also nutze ich eine Vollspektrumröhre, die gesundes Licht produziert, das dem Spektrum unseres Sonnenlichts ungewöhnlich nahekommt.«

»Ach so«, sagte die Frau und wirkte von dem wortreichen Vortrag bereits gelangweilt.

Mach weiter, dachte er und setzte seine Belehrung fort: »Außerdem wirkt es Winterdepressionen entgegen, die meist schon jetzt im Herbst auftreten, wenn die Tage kürzer werden und die Sonneneinstrahlung an Intensität verliert, was wiederum zu einer erhöhten Melatoninkonzentration im Blutkreislauf führt und zu einer Reduzierung der Serotoninausschüttung.«

Die Frau gähnte. »Möchten Sie ein Sandwich?«

»Wie bitte?«

Sie reichte ihm ein in Folie geschlagenes Weißbrot, aus dem eine Scheibe Käse und ein appetitlich aussehendes Salatblatt ragten. »Das tut Ihnen gut, Sie haben bestimmt seit Tagen kaum gegessen.«

»Das stimmt«, sagte Bernard und griff nach anfänglichem Zaudern zu. »Woher wissen Sie das?«

»Entschuldigen Sie, dass ich das sage, aber Sie sehen blass aus, und Ihre Wangen sind eingefallen. Deutliche Zeichen von Stress. Und der schlägt bekanntlich auf den Magen.«

»Sie hätten eine hervorragende Miss Marple abgegeben«, schmunzelte er und biss in das Sandwich. Spionin oder nicht, die Frau gefiel ihm.

»Oh, Sie Schmeichler.« Sie winkte ab. »Deswegen fahre ich doch nach Dawson City. Ich verfasse einen Aufsatz über den Goldrausch von 1896, für unser Seniorenheft, und da muss ich sorgfältige Erkundigungen einzieh–«

Das Knacken war so laut und grässlich, dass die Frau schlagartig verstummte.

Bernard Cardieux hatte im Kauen abrupt innegehalten. Zaudernd fasste er mit Zeigefinger und Daumen in seine Mundhöhle.

Kurz darauf hielt er einen der oberen Schneidezähne in der Hand.

»O mein Gott, das tut mir so leid«, flüsterte die alte Frau.

»Gehen Sie!«, hauchte er.

»Ich bin untröstlich. Ich werde Ihnen auf der Stell–«

»Sie sollen gehen!« Sein Tonfall duldete keinen Widerspruch.

Ohne ein weiteres Wort rutschte die Frau vom Sitz und verschwand in der Reihe hinter ihm.

Als Bernard Cardieux die aufgeweichten Reste des Sandwichs in sein Taschentuch spuckte, glänzten zwei Backenzähne blutig zwischen den Käsestücken. Voller Grauen stieß er mit der Zungenspitze gegen seine Vorderzähne. Sie bewegten sich …

»O nein«, raunte er elendig, »o nein …«

15

Das Gittertor stand weit offen. Der kleine glatzköpfige Mann blieb vor der Einfahrt stehen, bückte sich und ließ den Strahl seiner Taschenlampe über den Boden gleiten. Er registrierte Bremsspuren auf dem Kies. Es hatte den Anschein, als wäre ein Wagen mit hoher Geschwindigkeit vom Hauptgebäude auf das Tor zugerast und der Fahrer hätte sich erst im letzten Moment darauf besonnen, vor dem Einbiegen in die Straße das Tempo zu drosseln.

Bakerman sah sich gewissenhaft um. Hinter den Scheiben der umliegenden Wohnhäuser brannte nirgends Licht, mit Ausnahme eines runden Dachfensters auf der gegenüberliegenden Straßenseite. Er trat einen Schritt hinter das Gitter, schaltete die Taschenlampe aus und wartete eine Minute, ohne dass hinter der Scheibe jemand erschien.

Dann folgte er dem Kiesweg zum Hauptgebäude.

Noch bevor er das Haus erreicht hatte, fand er die ersten Leichen. Ein Mann mit Headset und Schutzweste und eine ältere Frau, die eine Schürze trug. Der Mann lag mit verrenktem Genick zwischen den Büschen am Wegrand. Offenbar hatte der davonpreschende Wagen ihn angefahren und ins Gebüsch geschleudert.

Die Frau war erschossen worden, die Kugel hatte ihre Nasenwurzel gesprengt und war am Hinterkopf wieder ausgetreten. In der geschlossenen Faust steckte ein Suppenlöffel, an dem Petersilie klebte. Sie musste in wilder Panik geflohen sein, dachte Bakerman, denn sie trug nicht einmal einen Mantel und an den Füßen nur ein Paar Holzschuhe. Keine passende Bekleidung für einen gemütlichen Spaziergang durch die nächtliche Kälte.

Im Haus war alles still.

Hinter der Eingangstür öffnete sich eine große Halle, an deren Ende eine geschwungene Marmortreppe in die oberen Stockwerke führte. Vor dem Geländer am Fuße der Stufen brannten veraltete Gaslaternen, wie er sie aus Gastown kannte.

Auf den Fliesen verstreut lagen die Scherben einer zersplitterten Blumenvase und drei langstielige weiße Rosen. An den Seiten der Halle zweigten jeweils zwei Flure ab, alle lagen im Dämmerlicht halb heruntergebrannter Kerzen.

Bakerman wählte den Korridor zu seiner Rechten. Er war kaum ein paar Schritte gegangen, da bemerkte er den dunklen Schemen, der im Halbdunkel auf ihn zu lauern schien.

Blitzartig schnellte die Automatikpistole aus dem Ärmel in seine Hand, und ein schallgedämpfter Schuss traf den riesigen Schäferhund zwischen die Augen. Der Einschlag des Projektils verursachte einen dumpfen Ton, der Hund aber blieb ungerührt stehen. Ein dünner Rauchfaden stieg aus dem Loch in der Stirn und verging.

»Ausgestopft«, murmelte Bakerman und ließ die Waffe wieder in das Ärmelversteck zurückgleiten.

Er überprüfte gewissenhaft jeden Raum im Erdgeschoss. Nirgends waren Anzeichen eines Kampfes zu erkennen, dennoch stieß er auf drei weitere Tote, offensichtlich Wachpersonal, das mit gezielten Kopfschüssen ausgeschaltet worden war.

Der letzte Wachmann hing in einem weitläufigen Kaminzimmer zusammengesunken über einer Stuhllehne. Doch etwas anderes zog Bakermans Aufmerksamkeit in seinen Bann. In dem Saal standen zwei Dutzend Glasvitrinen, und jede einzelne von ihnen war an der Oberseite eingeschlagen worden. Bis auf die Glassplitter waren sie allesamt leer.

Er schritt zwischen den geplünderten Schaukästen umher und verharrte schließlich vor dem Kaminsims. Das Feuer war heruntergebrannt, die Holzscheite hatten sich in glühende Asche verwandelt. Bakerman kniete sich vorsichtig hin und beförderte mit dem Schürhaken ein Bündel verkohlter Manuskripte aus der Glut. Von den kärglichen Überresten, die auf dem Teppich vor seinen Schuhspitzen erkalteten, konnte er auf Abrechnungen und Bilanzen schließen. Einige handschriftlich verfasste Aufzeichnungen waren auch darunter, doch ließen sie sich kaum noch entziffern.

Am Rande des Eisenrostes bemerkte Bakerman ein einzelnes Blatt, das von den Flammen nahezu gänzlich verschont worden war.

»Alle Spuren verwischt, bis auf dich, hm?«, sagte er zu dem Stück Papier und griff danach.

Es war eine Liste.

Mit den Namen aller Kommissionsmitglieder der vergangenen zehn Jahre. Die meisten waren mit einem Haken markiert: alle Toten und spurlos Verschwundenen. Übrig geblieben waren nur Lyle Floyd, Bernard Cardieux und Joyce Kramer. Und er selbst.

»Fast möchte man meinen, du wurdest mit Absicht hier zurückgelassen …«

Die präparierten Hundeköpfe an den Wänden

glotzten aus erstarrten Glasaugen auf ihn herunter, als Bakerman die Liste in seiner Tasche verschwinden ließ und sich auf den Weg zurück in die Eingangshalle machte. Noch immer war es still im Haus. Verlassen reihte sich Flur an Flur.

Was war hier geschehen? Und wo war Joyce?

Hinter jeder Tür, die er aufstieß, befürchtete Bakerman das erkaltete Antlitz seiner Kollegin zu erblicken, niedergestreckt von einer tödlichen Kugel. Tatsächlich fand er noch weitere Leichen, darunter jedoch weder Joyce noch Lazar.

Als er die zweite Etage betrat, stieg ihm ein beißender Gestank von Verbranntem in die Nase, nicht wie aus einem Kamin wie unten, sondern eher wie eine Verbindung von Klebstoff und schwelendem Holz. Rauchschwaden hatten sich unter der Decke gesammelt und führten zu einer Tür am Ende des Ganges.

Bakerman presste sein Stofftaschentuch vor Nase und Mund und betrat das Zimmer. Über die Wände züngelten bläuliche Flammen, ein kaltes Feuer, hervorgerufen durch eine ihm unbekannte chemische Reaktion, die nicht weiter auf Vorhänge oder Mobiliar übergriff, sondern sich ausschließlich auf die Papier- und Kartenfragmente an der Holzvertäfelung des Raumes beschränkte.

Umgeben von dem Feuerkranz saß Jasper Lazar am Schreibtisch, gekleidet in einen altmodischen Morgenmantel. Als träume er mit offenen Augen, schaute er einfach durch Bakerman hindurch. Vor ihm auf der glattpolierten Mahagonitischplatte lagen ein unbeschriebenes Blatt Papier und ein Füllfederhalter. Bakerman legte einen Finger an Lazars Halsschlagader, um bestätigt zu bekommen, was er schon wusste.

Hinter dem Schreibtisch stand eine große Seemannstruhe, doch wie die Vitrinen im Erdgeschoss war auch sie komplett leer geräumt worden und machte den Eindruck, als hätte jemand zuvor Deckel und Schloss mit Gewalt aufgesprengt.

»Gründliche Arbeit«, kommentierte Bakerman kühl und verließ das Büro.

Er durchkämmte flüchtig den dritten Stock, wo er auf mehrere Schlafzimmer sowie eine gutsortierte Degenkammer stieß, samt gepolsterter Fechtkleidung in verschiedenen Größen und Ausführungen.

Anschließend schritt er die letzten Stufen zur obersten Etage empor.

»Joyce!«

Sie lag auf dem Boden, den Rücken an eine Eisentür gelehnt. Ihre Hose war an Knöcheln und Oberschenkeln aufgerissen und gewährte den Blick auf eine tiefe Fleischwunde.

Bakerman ging in die Hocke und strich ihr eine Haarsträhne aus dem verdreckten Gesicht. Sie sah aus, als hätte sie in der Kanalisation gebadet.

Aber sie lebte.

»Joyce, können Sie mich hören?«

Ein leises Stöhnen. Ihre Augenlider zuckten leicht.

»Sie brauchen dringend einen Arzt!«

»Bakerman?« Ihre Stimme war schwach. »Was … ist passiert?«

»Das müsste ich Sie fragen. Sie sollten sich doch nur ein wenig umschauen«, erwiderte er scheinbar vorwurfsvoll, doch seine Mundwinkel hoben sich vor Erleichterung.

Er half ihr in eine aufrechte Position. Ihr Atem ging schwer, auch zuckte ihr Kopf immer wieder ruckartig zur Seite, als sinke sie für Sekundenbruchteile zurück in die Ohnmacht.

»Ich ... muss das Bewusstsein verloren haben«, hustete Joyce. »Wo ist Lazar?«

»Tot.«

»Tot?« Allmählich schienen ihre Erinnerungen wiederzukehren, ihr Blick wurde klarer. »Sind Sie ... sicher?«

»So sicher man heutzutage sein kann«, antwortete Bakerman und berührte mit der Hand die verriegelte Eisentür.

»Das Gewächshaus«, stöhnte Joyce Kramer, und ihre Stimme schwankte auffällig. »Die Beete!«

Bakerman löste einen der Riegel aus seiner Verankerung.

»Nicht!« Mit erstaunlicher Kraft und Entschlossenheit packte sie seinen Arm und hielt ihn zurück.

»Nicht aufmachen!«

»Warum? Was befindet sich hinter dieser Tür?«

»Dinge ... Schreckliche Dinge.«

Ihre Blicke bildeten für einen Moment eine unsichtbare Brücke, dann schob Bakerman die anderen zwei Riegel beiseite. Kaum hatte sich die Sicherheitstür einen Spalt geöffnet, bahnten sich bestialisch stinkende Rauchschwaden ihren Weg auf den Flur. Innerhalb von Sekunden steckte die gesamte Kuppel in einer Wolke aus Qualm und Staub.

Krachend fiel die Tür zurück ins Schloss.

»Ich fürchte, wir kommen zu spät«, fluchte Bakerman und half Joyce auf die Beine. »Was immer Lazar dort aufbewahrt hat, es ist vernichtet!«

»Vielleicht besser so«, hustete Joyce und fügte nach kurzem Zögern hinzu: »Ich erzähle Ihnen alles ausführlich, aber nehmen Sie es mir nicht übel: Erst würde ich gern von hier verschwinden.«

Bakerman stützte sie auf dem Weg nach draußen.

Die Wunde an ihrem Oberschenkel blutete stark, sie benötigte dringend ärztliche Hilfe. Der Knochen glänzte weißlich unter dem zerfetzten Hosenstoff.

»Ich hatte versucht, Sie anzurufen«, presste sie angestrengt hervor, »aber in dieser Heringkiste war kein Empfang. Das war wohl einfach nicht mein Tag.«

Bakerman schwieg.

Die Nachtluft wirkte beruhigend und vertrieb den Geschmack der giftigen Dämpfe aus ihren Lungen. Unter dem Carport parkte die schwarze Limousine. Die Fahrertür stand offen, ein Bein hing schlaff über den Sitz.

»Der Fahrer auch?«, wunderte sich Joyce Kramer. »Wer hat das getan?«

»Eine gute Frage«, erwiderte Bakerman. »Jemand, der weiß, wohin er zu zielen hat.« Auch der Chauffeur war von einer einzelnen Kugel in den Kopf getötet worden.

Er dachte an die Liste in seiner Tasche. »Lazar kannte die Identitäten aller Kommissionsmitglieder. Allem Anschein nach war er für die Liquidierung unserer Leute verantwortlich. Aber bevor wir ihn zur Rede stellen können, zieht man ihn aus dem Verkehr.«

»Und nicht nur ihn«, sagte Joyce, die ihre Contenance allmählich wiederfand. »Ich frage mich nur, warum Lazar die Kommission auslöschen wollte? Was hatte er für ein Motiv?«

»Ebenfalls ein berechtigter Einwand«, erwiderte Bakerman und wandte sich von der Limousine ab. »Unsere Ermittlungen drehen sich um das mysteriöse Verschwinden von familienlosen Kindern. Lazar hingegen handelte mit Immobilien und Grundstücken, und das allem Anschein nach vollkommen legal.«

»Was ich da oben in dem Gewächshaus gesehen habe, war bestimmt nicht legal«, keuchte Joyce.

»Und wie es aussieht, hat jemand dafür gesorgt, dass diese Spur nicht zurückverfolgt werden kann.«

»Wie konnte er diese abartigen Aufzuchten nur vor seinen Angestellten geheim halten?«

»Hat er das denn?«

Joyce dachte an die Wachmänner und die Küchenhilfen. »Vermutlich nicht. Entweder hat er extrem gut bezahlt oder seine Leute einer Gehirnwäsche unterzogen.« Sie hatte einen Witz machen wollen, aber Bakerman ging nicht darauf ein.

»Lassen Sie uns verschwinden«, sagte er mit wachsamem Blick in Richtung Garten.

»Und wohin?«

»Zuerst bringe ich Sie zu einem Arzt. Unterwegs können Sie mir alles erzählen. Anschließend werden wir uns um den Maulwurf kümmern.«

»Den Maulwurf?«

»Ich habe eine Notiz gefunden. Jasper Lazar kannte offensichtlich sämtliche Mitglieder der Trudeau-Kommission. Jemand muss ihm diese Information zugesteckt haben. Und womöglich noch weit mehr.«

Joyce stützte sich auf Bakerman, als sie über den Kiesweg zur Straße gingen.

»Dann kennen Sie die undichte Stelle?«

»Ich denke schon. Und wenn ich mich nicht irre, werden wir dort auch erfahren, was mit den vermissten Kindern geschehen ist.«

16

Der braune Pick-up parkte wie erwartet direkt vor dem Apartmentkomplex. Aus einer offenstehenden Wohnungstür fiel Licht auf die Motorhaube des Wagens und ließ das Metallic-Logo einer geballten Faust aufblitzen.

Joyce Kramer beobachtete von ihrem Sitz aus, wie Bakerman auf den Mann mit der Baseballkappe zutrat, der soeben weitere Computerfestplatten zwischen den Umzugskartons auf der offenen Ladefläche verstaute.

Santa Fes Gesten waren hektisch und unkontrolliert. Er reagierte wie vermutet.

Einen Moment lang versuchte Joyce, die Szene mitzuverfolgen, dann gewann der Schmerz in ihrem Bein die Oberhand. Stöhnend schloss sie die Augen, ihre Gedanken drifteten fort und verloren sich in undeutlichen Erinnerungsfragmenten.

»Sie glauben mir nicht?«, fauchte Santa Fe zornig und sprang von der Ladefläche.

Bakerman trat einen Schritt zurück. »Wie kommen Sie darauf?«

»Na, weil Sie hier sind!«

»Dafür gibt es einen guten Grund«, sagte Bakerman und warf einen Blick zur offenen Tür von Santa Fes Apartment. »Sind Sie allein?«

»Natürlich bin ich allein! So allein wie seit Jahren nicht mehr.« Er zupfte unruhig an seiner Mütze. »Also? Was wollen Sie noch, Bakerman?« Auf seinem T-Shirt zeichneten sich Schweißflecken ab.

»Mit Ihnen reden. Über die Ermittlungen. Über Ihre Arbeit und über Dinge, die vorgefallen sind.«

»Tut mir leid, keine Zeit.«

»Hören Sie wenigstens, was ich Ihnen zu sagen habe.«

»Ich habe Ihnen schon vorhin am Telefon zugehört«, rief Santa Fe aufgebracht. Eine Gardine im zweiten Stock bewegte sich leicht. Er senkte die Stimme. »Das hat mir gereicht!«

Bakerman verschränkte die Arme vor der Brust. »Ich dachte, ich täte Ihnen einen Gefallen.«

Der Computerspezialist schüttelte den Kopf, dann setzte er sich hinter das Steuer des Wagens. »Sicher, ich hatte ohnehin vor, auszusteigen. Das alles ... das alles ist mir einfach eine Nummer zu groß, wissen Sie?! Aber jetzt ... jetzt fühle ich mich, als ob ... Ach, vergessen Sie's!«

Er ließ den Motor an. »In der Wohnung finden Sie alle Unterlagen, die Kommission betreffend. Keine Sorge, ich werde schweigen wie ein Grab.«

»Moment!« Bakermans Tonfall sorgte dafür, dass Santa Fe augenblicklich den Fuß vom Gaspedal des anrollenden Pick-ups nahm und sich aus dem Fenster beugte. »Was noch?«, fragte er kleinlaut.

»Leben Sie wohl«, sagte Bakerman.

Bei Anbruch des Morgens erhellte ein rötlicher Schimmer die Zirruswolken, die wie feine Pinselstriche über dem östlichen Horizont hingen.

Der Garten war vernachlässigt worden, dabei war

die Pflege der Blumen immer eine von Carls Lieblingsbeschäftigungen gewesen. Unkraut wucherte zwischen den Sträuchern, und der Rasen war hoch und beugte sich nur widerstrebend den Schritten der beiden. Bakerman ging voran, Joyce Kramer folgte ihm schweigend.

Im Haus der Abrahams hatten sie Marthas Kleider gefunden. Kittel, Hosen und Hemden, selbst geschneidert. Dienstkleidung von Pflegepersonal in Krankenhäusern. Aber keine Spur von Martha selbst. Bis auf die lehmigen Abdrücke nackter Füße auf dem Teppich. Charlie hatte ihn auf die richtige Fährte geleitet, indem er ihm Stevens unterbewusste Beobachtungen mitgeteilt hatte.

Steven Burns war hier gewesen, dachte Bakerman, und die Gewissheit wuchs mit jedem weiteren Raum, den er betrat. Ihre Pfade waren miteinander verknüpft, auch wenn Steven noch nichts davon ahnte. Vielleicht war es an der Zeit, ihn der Wahrheit näherzubringen, wie Lil Hastings es ausgedrückt hätte.

Im Wohnzimmer fanden sie ein aufgeschlagenes Fotoalbum, doch alle Seiten waren herausgerissen. Zerschnittene Fotografien lagen über den weichen Boden verstreut, und nur ein einziges Bild, das sie unter der offenen Verandatür fanden, gab verloren Zeugnis von den beiden Menschen, die ehemals hier zusammengelebt hatten.

Ihr Hochzeitsfoto.

Carl in einem schlichten, dunkelblauen Anzug und Martha in ihrem schneeweißen Kleid mit kunstvollen Schleifen am Rücken und an der Schärpe. Sie hielten sich an den Händen, wie sie es so selten in der Öffentlichkeit getan hatten, und strahlten in die Kamera. Bakerman hatte Carl Abrahams nie wieder so unbeschwert erlebt wie an jenem Tage. Sein Mitarbeiter hatte sich dem Tod stets näher gefühlt als dem Leben.

Feuchter Morgentau lag auf Gras und Laub, die Luft schmeckte erdig. Der Herbst war fast vergangen, und laut den Prognosen der Meteorologen stand Vancouver ein harter Winter bevor. Sie standen am Rand des Swimmingpools, dessen Grund mit Schlamm und verfaulenden Blättern bedeckt war.

»Lassen Sie mich das machen«, sagte Joyce. Bakerman war einverstanden.

Behutsam stieg sie die Metallleiter am Beckenrand hinab, Sprosse für Sprosse, um ihr verletztes Bein nicht zu überanstrengen. Lyle Floyd hatte sich inzwischen um die Bisswunde am Oberschenkel gekümmert. Als Spezialist für ungewöhnliche Krankheiten und Infektionen hatte er eine ebenso zügige wie gründliche Untersuchung vorgenommen und den Eiterfluss schließlich mit Spül-Saug-Drainagen abgeschöpft. Nachdem die Wundhöhle mit einem speziellen Arzneimittel gereinigt worden war, dessen Name selbst Bakerman nicht kannte, hatte Lyle sie unter Vorbehalt aus seiner Obhut entlassen.

Wenn Joyce noch immer Schmerzen hat, so weiß sie es gut zu verbergen, dachte Bakerman, als er sie in den Pool klettern sah.

Joyce rammte die Schaufel mehrmals tief in die morastige Erde. »Und Sie glauben wirklich, wir finden hier etwas?«

»Ich hoffe und fürchte es zugleich«, gestand Bakerman, dem seine Vorahnung nicht sonderlich gefiel.

»Haben die hier drin nie gebadet?«, ächzte Joyce. Die körperliche Anstrengung war ihr deutlich anzusehen. Immer wieder stieß sie die Schaufel in den

Morast, in den sie selbst bereits bis zu den Waden eingesunken war.

»Carl Abrahams konnte nicht einmal schwimmen. Er hat den Pool damals für Martha anlegen lassen.«

»Hier ist was!«, rief Joyce und warf den Spaten beiseite. Mit den Händen befreite sie das vergrabene Bündel aus seinem Grab. »Ein Wäschesack!«

Für eine Weile sagte keiner ein Wort.

Es waren Kinderschuhe, mit Sternen bemalt, und vier bunte Nachthemden in verschiedenen Größen, dann eine Haarspange in Form eines Regenbogens und ein Armreif, in den der Name Cecilia eingraviert war.

»Warum hat sie das getan?«, fragte Joyce erschüttert. »Warum hat sie sich verkleidet in die Stationen der Heime und Krankenhäuser eingeschlichen und die Kinder entführt?«

Bakerman überdachte seine Antwort. »Martha war kein schlechter Mensch, sie war nur einsam. Carl war nicht für die Ehe geschaffen, nicht für körperliche Nähe und erst recht nicht für die Verbundenheit zweier Seelen. Er konnte den Tod anderer Menschen vorhersehen, Joyce. Liebe und Freundschaft machten ihm Angst.«

»Angst wovor?«, fragte sie betrübt.

»Dass er diese Menschen verlieren würde. Er hätte sie niemals bewahren können. Und er wäre so dazu verdammt gewesen, ihren Tod doppelt zu erleben.«

»Aber was ist mit den verschwundenen Kindern geschehen? Was hat Martha mit ihnen gemacht?«

»Wenn ich das nur wüsste.« Bakerman schaute zurück zum Haus mit den vielen gardinen- und pflanzenlosen Fenstern. »Eines Tages muss etwas vorgefallen sein, was bei ihr einen Schalter umgelegt und ihre Wünsche in diesen Wahnsinn verwandelt hat.«

»Etwas?«, wiederholte Joyce leise.

»Oder jemand.«

»Jemand? Wie kommen Sie darauf?«

»Ich glaube, dass Martha dazu gebracht worden ist, Carls Geheimnisse zu erforschen und an eine dritte Person weiterzugeben. Jemand hat sie manipuliert, und sie hat uns verraten, Joyce, auch wenn es ihr womöglich gar nicht bewusst war.«

»Martha war die undichte Stelle? Sie meinen, sie hat Carls Aufzeichnungen gefunden und weitergeleitet?«

»Ja. Niemand sonst kommt in Frage«, sagte Bakerman und fing Joyce Kramers Blick mit seinem ein. »Warum? Weil ich für jeden meiner noch lebenden Mitarbeiter die Hand ins Feuer legen würde.«

Vor dem Grundstück hielt ein Wagen. Ein Mann im Trenchcoat stieg aus, begleitet von zwei Streifenpolizisten in Uniform.

»Kommen Sie da raus, Joyce. Inspektor Lubbers ist soeben eingetroffen. Unsere Arbeit hier ist getan.«

Sie lenkte den Wagen durch den erwachenden Morgenverkehr, während Bakerman auf dem Beifahrersitz zwei Telefonate führte. Sie beobachtete im Rückspiegel ständig die Autos hinter ihnen, aber ihre Sorgen waren unbegründet. Niemand verfolgte sie. Es schien, als wäre mit dem Tod Jasper Lazars und dem Verschwinden von Martha Abrahams der Frieden nach Vancouver zurückgekehrt.

Bakerman hatte ihr eine Adresse genannt und ansonsten keine weiteren Worte verloren. Aus einem ihr nicht ersichtlichen Grund war er überzeugt, dass es weder zu weiteren Entführungen noch zu weiteren Anschlägen auf Kommissionsmitglieder kommen würde. Als hätte sich der unbekannte Gegner vom Schachbrett zurückgezogen, um die noch offene Partie zu einem späteren Zeitpunkt zu Ende zu führen.

Inspektor Lubbers würde eine Fahndung nach Carls Witwe einleiten, aber weder Bakerman noch sie selbst glaubten wirklich daran, dass Martha Abrahams gefunden werden würde. Jemand hatte sie als Werkzeug missbraucht und würde sich ihrer entledigen, so wie es mit Lazar geschehen war.

Soeben beendete Bakerman sein Gespräch und legte das Telefon auf die Ablage. »Das war Lyle. Er hat meinen Entschluss überdacht und ihn akzeptiert«, berichtete er sachlich. Joyce meinte dennoch ein gewisses Bedauern herauszuhören.

»Blieb ihm eine Wahl?«, fragte sie tonlos.

Bakerman strich sich nachdenklich über den kahlen Schädel.

»Was ist mit Bernard?«

»Ich konnte ihn bislang nicht erreichen. Wahrscheinlich ist er noch unterwegs ins Yukon-Territorium, so wie Sie mir berichtet haben. Er wird meine Entscheidung nicht so widerspruchslos hinnehmen wie die anderen.«

»Ihr Gespräch mit Santa Fe hat mir auch nicht den Eindruck vermittelt, als wäre er besonders begeistert gewesen.«

»Santa Fe leidet unter gekränktem Stolz. Das war immer sein Problem. Aber was Bernard betrifft …«

Der Wagen hielt an einer Kreuzung, Ecke 10th Avenue und Canada Way. Joyce warf einen Blick in den Seitenspiegel. Im Wagen hinter ihnen stritten zwei Frauen miteinander, dem äußeren Anschein nach Mutter und Tochter.

Sie drehte sich zu Bakerman. »Also lösen Sie die Kommission tatsächlich auf?«

»Es ist die einzige Möglichkeit. Die Liste mit den Namen der Mitglieder hat die Runde gemacht. Es wäre fahrlässig, das Leben der Leute aufs Spiel zu setzen, selbst wenn uns im Augenblick keine konkrete Gefahr drohen sollte.«

»Sie sprechen auch von mir, oder?«

Bakerman deutete auf die Ampel. »Es ist grün.«

Sie hielten gegenüber einem unansehnlichen Wohnblock direkt am Kingsway. Die Uhr am Armaturenbrett des Buicks zeigte 09:12 a.m. an.

»Und was geschieht jetzt?«, fragte Joyce. »Steigen wir aus?«

»Wir warten.«

»So einfach werden Sie mich nicht los«, sagte sie entschlossen. »Ich kann für mich selbst entscheiden, welches Risiko ich bereit bin einzugehen.«

Bakerman lehnte sich zurück und schmunzelte. »Ich habe geahnt, dass Sie so etwas sagen würden.«

»Also?«

»Also was?«, erwiderte er trocken, und sein Lächeln verschwand.

»Also was machen wir jetzt hier?«

Bakerman deutete auf ein Fenster im dritten Stock. Die Scheibe war verschmutzt, und ein langer Riss zog sich über das Glas. »Steven Burns.«

»Nie von ihm gehört.«

»Genau deswegen ist er der perfekte Mann. Wir müssen uns neu strukturieren, flexibler werden, unberechenbarer.«

Joyce schüttelte den Kopf. »Und Sie haben ihn ganz zufällig ausgewählt, wollen Sie mir das weismachen?«

»Ich gebe zu, dass Mr Burns und mich eine längere

Geschichte verbindet. Von der er jedoch noch nichts weiß.«

»Ich verstehe kein Wort«, seufzte Joyce Kramer. »Aber das ist ja nichts Neues. Sie werden schon Ihre Gründe haben.«

Im Zimmer hinter der Scheibe ging das Licht an. Ein Schatten erschien am Fenster und blickte herunter auf das morgendliche Verkehrstreiben am Kingsway.

»Die habe ich«, sagte Bakerman leise. »Die habe ich allerdings.«

17

Steven Burns stand am Fenster und zeichnete mit dem Finger verwundert den langen Riss nach, der sich quer über die Scheibe zog. Trotz Zweifachverglasung war das Glas über Nacht gesprungen. Fast machte es den Eindruck, als hätte ein großer Vogel seinen Schnabel daran gewetzt.

Ein Blick auf den Wecker sagte ihm, dass es Viertel nach neun war. Für seine Verhältnisse ungewöhnlich früh, um aufzustehen, aber er hatte geschlafen wie ein Toter und fühlte sich zum ersten Mal seit Wochen zumindest ein wenig ausgeruht.

In der Küche standen zwei Kaffeebecher vom Vorabend. Langsam kehrten die Erinnerungen zurück.

Martha Abrahams.

Murphys Pfandleihe.

Der Keller.

Und Charlie ...

Steven stellte fest, dass er gleichermaßen enttäuscht und erleichtert darüber war, dass der blasse junge Mann mit der sprechenden Puppe seine Wohnung ohne ein Wort des Abschieds verlassen hatte. Die unglaublichen Ereignisse wirkten durch Charlies plötzliches Verschwinden weniger real und erhielten so eher den faden, aber letztlich erträglicheren Geschmack eines schlechten Traumes.

Er stellte die Becher ins Spülbecken und ließ etwas heißes Wasser darüberlaufen, dann ging er ins Bad.

Das Rauschen der Dusche füllte seine Sinne, und die Hitze brannte sich in seine verspannte Nackenmuskulatur. Steven schloss die Augen und begann zu zählen: eins, zwei, drei, vier ... Und immer weiter: siebzehn, achtzehn ... Mit jeder Zahl drehte er die Wassertemperatur ein kleines Stück höher. Eine schlichte Methode, um Halt zu finden, und Klarheit. Die Zahlen gaben ihm eine Richtung, der körperliche Schmerz sorgte für Distanz.

Als er Minuten später vor den Spiegel trat, war seine Haut wund und beißend rot, aber er fühlte sich besser. Nach einer gründlichen Rasur, der ersten seit Tagen, griff Steven Burns in Boxershorts und T-Shirt zum Telefon und wählte die Nummer des Rib-Eye-Verlags.

Nach dem sechsten Freizeichen meldete sich die geölte Stimme von Rosalyn: »Rib Eye – der einzige Verlag, dessen Bücher schon beim Lesen satt machen.«

»Haben Sie gut geschlafen, Rosalyn?«

Ein kurzes Kichern am anderen Ende der Leitung. »Bei Ihnen klingen sogar Lächerlichkeiten aufregend, Steven.«

»Ist der Chef zu sprechen?«

»Er ist noch beim Frühstück.«

»Das ist er doch den ganzen Morgen.«

»Wie wahr. Moment bitte, ich stelle durch.«

Eine seichte Pausenmusik ertönte, die Steven vorkam wie ein schlecht getarnter Melodienmix aus mindestens drei TV-Serien. Allerdings hatte er bis heute nicht herausfinden können, aus welchen.

»Heseltine!«

»Sonny, ich bin's. Steven.«

Statt eines gepflegten »Guten Morgen« kroch ein

saftiges Schmatzen durch den Hörer, gefolgt von einem: »Na?!«

»Hör zu, Sonny. Wir hatten ja schon darüber gesprochen, und es sieht leider wirklich so aus, dass alle meine Recherchen in Sackgassen führen.«

Eine kurze Pause. Dann Rascheln von Zeitungspapier.

Steven räusperte sich und fuhr unbeirrt fort: »Ich denke, wir sollten uns nach einem anderen Thema umschauen. Bevor noch mehr Spesen anfallen. Was meinst du?«

»Spesen? Was denn für Spesen?«, fragte sein Verleger mit plötzlichem Interesse und einer Spur Nervosität in der Stimme.

»Na ja, Spritkosten, Parkgebühren, Mittagessen mit Informanten, Abendessen mit Informanten, außerdem die absolut notwendigen –«

»Also eine Sackgasse, hm?«, unterbrach ihn Sonny. »Na, dann will ich mal ein Auge zudrücken. Aber wo du schon in Restaurants unterwegs bist, kannst du mir doch bestimmt ein Rezept für Entenschnabelaale in Wacholderbeercreme besorgen. Ich brauche dringend etwas in dieser Richtung, um die Frau vom Bürgermeister zu beeindrucken. Hast du mich verstanden?«

»Entenschnabel was?«

»Ich stell dich zu Rosalyn durch, die weiß Bescheid.«

Als das Konglomerat aus Serienmelodien sich ein zweites Mal entfaltete, kam von der Wohnungstür ein lautes Hämmern, und Steven legte auf.

Im nächsten Augenblick stand Mrs Kasprowicz vor ihm in der Küche, in der Hand Putzwedel und Eimer. »Die Tür war offen!«

»Äh, kann ich Ihnen helfen?«, fragte Steven, sichtlich irritiert vom unerwarteten Erscheinen seiner Nachbarin in den eigenen vier Wänden.

»Mr Burns!«, keifte die Frau, die unhöflichere Menschen als extrem fettleibig bezeichnet hätten. »Ich habe mit der Hausverwaltung telefoniert!«

»Wie schön für Sie«, entgegnete er. »Würden Sie jetzt bitte meine Wohnung verlassen?!«

»Mir wurde die Befugnis erteilt, Ihnen zu sagen, dass Sie sich an den Putzplan halten müssen. Oder Sie fliegen raus!«

»Haben Sie wirklich Befugnis gesagt?«

Mrs Kasprowicz drückte ihm Eimer und Putzwedel in die Hand und machte auf dem Absatz kehrt. »Schönen Tag, Mr Burns!«

»Täusch ich mich«, rief Steven ihr hinterher, »oder riecht es hier plötzlich nach Schwefel?«

Zur Antwort fiel die Tür krachend ins Schloss.

Eine halbe Stunde später hatte Steven die Fliesen im Treppenhaus geschrubbt und die kahlen Steinwände vom gröbsten Dreck befreit. Von weiter oben vernahm er ein stetes, wenn auch unregelmäßiges Klappern.

»Mrs Kasprowicz? Sind Sie das?«, rief er verschwitzt und genervt, aber es kam keine Antwort.

Steven stieg die Stufen hinauf und bemerkte, dass die Tür zum Dach nur angelehnt war. Sie bewegte sich im Wind und schlug ab und zu gegen den eisernen Rahmen.

Er trat hinaus auf die Terrasse. »Hallo? Jemand hier draußen?«

Frische Morgenluft strömte durch seine Lungen und erfüllte seinen Geist mit einem Gefühl von ungewohnter Lebendigkeit. Es war ein strahlend blauer Himmel, der ihn hier über den Dächern der Stadt begrüßte. Steven stellte das Putzzeug zur Seite und beschloss, sich ein wenig die Beine zu vertreten.

In der Ferne glitzerte das ruhige Wasser der Strait of Georgia in der Sonne. Die breite Wasserstraße zwischen der Stadt und Vancouver Island schirmte Vancouver vom Pazifischen Ozean ab und vereitelte eine starke Brandung. Mehrere Boote schwammen als winzige Farbkleckse auf der meergrünen Oberfläche, ihre Segel leuchteten hell.

Vielleicht habe ich das alles doch nur geträumt, dachte er für einen Moment. Vielleicht habe ich es mir nur eingebildet, und der Ratschlag von Sonny war doch kein so übler. Vielleicht könnte ein Arzt oder Psychologe ihm tatsächlich weiterhelfen. Vielleicht fehlen seinem Körper bloß ein paar wichtige Enzyme. Kein so ungewöhnlicher Mangel, der durchaus zu Halluzinationen oder harmlosen Formen der Schizophrenie führen konnte.

Vielleicht ..., dachte Steven und schlenderte in Gedanken versunken über das Dach.

Er umkurvte eine kleine Lache und stockte. Hatte es letzte Nacht geregnet? Steven sah sich um, aber es war die einzige Pfütze auf dem Dach. Jetzt bemerkte er, dass es sich bei der Flüssigkeit keinesfalls um Wasser handelte. Sie besaß die Konsistenz von Speiseöl und einen undefinierbaren farbigen Schimmer.

Inmitten der Flüssigkeit trieb ein längliches Stück Metall, nicht sehr groß, aber durchaus auffällig.

»Eine Patronenhülse?!«, raunte Steven entgeistert.

Er schaute sich um und sah einige Meter weiter eine zweite liegen. Und dicht dahinter, im Schatten der Satellitenschüsseln, erblickte er einen weiteren Gegenstand.

Verstört und unsicher, so als fürchtete er, dass die

Waffe sich bei Berührung entweder in Luft auflösen oder losgehen könnte, griff Steven Burns nach seinem eigenen Revolver, der vor ihm auf dem Boden lag.

Er ließ die Trommel aufschnappen.

Sie war leer. Alle sechs Patronen waren abgefeuert worden.

»Charlie?!«, hauchte er und zuckte zusammen, vom jähen Zerbrechen seines eben noch vorherrschenden Hochgefühls zutiefst erschrocken. Von plötzlicher Unruhe gepackt, hetzte Steven von einem Ende des Daches zum anderen.

»Charlie, du Mistkerl!«, brüllte er über die Dächer der Stadt hinweg. »Was hast du hier oben angestellt?«

Sein Ruf verhallte nur langsam in der Ferne.

Kaum hatte er die Eisenstufen der Feuerleiter erreicht, die an der Hauswand steil in die Tiefe führten, hielt er inne und atmete mehrfach tief durch. Sein Herz raste, und die steil abfallende Aussicht verursachte ihm ein überwältigendes Schwindelgefühl. Schnell wich Steven wieder zwei Schritte zurück.

Es war keine Einbildung gewesen! Es war die Wahrheit! Alles! Die Bilder des vergangenen Abends kehrten schlagartig zurück, der Geschmack von Rauch und Blut, das Feuer, das Sterben – die zu Tode gefolterte Frau …

»Beruhige dich«, flüsterte er, aber seine Hand schloss sich wie ein Schraubstock um den Griff seines Revolvers.

Aber hatte da nicht etwas gelegen, ganz oben auf dem Gitterrost der Feuerleiter? Er war sich nicht sicher.

Vorsichtig wagte er sich an den Rand des Daches heran. Auf dem Mauervorsprung erkannte er einen unförmigen Körper. Zusammengerollt wie eine schlafende Katze hing die schwarze Puppe über dem Abgrund. Sie war das Letzte, was er hier erwartet hätte. Charlie und Chap schienen für ihn unzertrennlich gewesen zu sein. Mehr noch, er hatte den Eindruck gewonnen, als hätte der Bauchredner einen Teil seiner Persönlichkeit in die Holzpuppe übertragen.

Beinahe ehrfurchtsvoll griff Steven nach ihr, sie war ungewöhnlich leicht.

Noch einmal blickte er sich nervös um, und erst als er absolut sicher war, dass sich außer ihm und Chap niemand auf der Dachterrasse aufhielt, drehte er den Kopf der Puppe, so dass er in die dunklen Pupillen sehen konnte, und fragte leise: »Chap?«

Doch Chap blieb stumm.

18

Blitze zuckten unbändig über den Horizont, blendeten diejenigen, die von ihren Fensterplätzen aus zu den Lichtpunkten der schrumpfenden Stadt zurückschauten.

Der Pilot verkündete über das Intercom, dass sie nach Durchbrechen der Wolkendecke den Sturm hinter sich lassen würden, und bat um Geduld und Nachsicht.

»Kann ich Ihnen sonst noch etwas bringen?«, fragte die Stewardess. Sie war für ihren Berufsstand in einem recht reifen Alter, Anfang vierzig vielleicht. Ihr maskenhaftes Lächeln schien vermitteln zu wollen, dass man ihr nichts mehr vormachen konnte, da sie die gesamte Welt umkreist hatte, und das mehr als einmal.

»Sehr freundlich«, sagte Victor Zeysen, wobei er interessiert ihre markanten Wangenknochen studierte und dann seine besondere Aufmerksamkeit den Pigmentstörungen auf ihrer ansonsten grau-blau gefleckten Iris widmete. »Aber momentan bin ich wunschlos zufrieden.«

Im hinteren Teil der Maschine hatte der Säugling wieder zu schreien begonnen. Die Stewardess entschuldigte sich und verschwand hinter dem Vorhang in die zweite Klasse. Das Flugzeug wurde mehrfach stark erschüttert, irgendwo klirrte Glas auf Glas. Victor

Zeysen stöberte im Bordmagazin nach dem Programm des Klassikkanals. Er setzte die Kopfhörer auf und begann den langen Flug mit einer Ouvertüre von Beethoven, den Geschöpfen des Prometheus.

Der Transatlantikflug nach Europa würde sie erst über das kanadische Festland und dann über die grenzenlose Weite des Ozeans führen. Er fragte sich, wann er Vancouver das nächste Mal wiedersehen würde. Er hatte die Stadt schätzen gelernt, aber es war an der Zeit gewesen, gewisse Brücken abzureißen und für eine Weile das Land zu verlassen. Die Trudeau-Kommission war ihnen auf den Fersen gewesen, und Lazar als großspuriger Egomane im Zentrum der Ermittlungen hatte ein nicht länger zu tolerierendes Sicherheitsrisiko dargestellt.

Zeysen betrachtete Lazars Tod als ein Bauernopfer, das gebracht werden musste, um andere Figuren in Position zu bringen. Sicher hatte der Mann gute Arbeit für den Bund verrichtet, doch sein selbstherrlicher Stil und das sinnfreie Experimentieren mit den Errungenschaften der Phase Fleisch hatten ihn als unzuverlässig und somit als entbehrlich gebrandmarkt.

Selbst die Beobachter hatten sich seiner nicht länger angenommen, erinnerte sich Zeysen an den Besuch im Kaminzimmer. Er hatte gut daran getan, die Spuren zu verwischen und so die Nachforschungen der Kommission im Sande verebben zu lassen. Schon bald würden auch die Zeitungen nicht mehr über fliegende Geschöpfe berichten, und ebenso wenig über die verschwundenen Kinder.

Martha Abrahams hatte sich als ein nützliches Mittel erwiesen, um seinen Verbündeten die Kinder zu liefern, die sie benötigten, aber bedauerlicherweise sprachen Menschen in Marthas Alter nicht sehr gut auf die neurologischen Eingriffe an, die Zeysen an ihnen vornahm. Sie hatte begonnen, den Verstand zu verlieren. Also hatte er getan, was getan werden musste.

Einzig der Vorfall im Keller der Pfandleihe betrübte Victor Zeysen ein wenig, so dass er zur Ablenkung nach dem Bordservice klingelte.

»Wie kann ich Ihnen helfen«, erkundigte sich die Stewardess betont freundlich.

»Bringen Sie mir doch bitte etwas von dem Kalbsragout und ein Glas Ihres Pinot Chardonnay.«

»Wollen Sie nicht warten, bis wir durch den Sturm sind?«

Victor Zeysen rückte seine Brille zurecht und schaute demonstrativ zum Fenster. »Aber das sind wir doch bereits, Teuerste.«

Die Stewardess folgte verwundert seinem Blick. Draußen lag die von Blitzen immer wieder aufflackernde Wolkendecke wie ein endloser Watteteppich unter ihnen ausgebreitet, und das pechschwarze Firmament war vom Funkeln ungezählter Sterne erfüllt. Sie nickte und verschwand wortlos aus der Kabine. Dann erlosch das Anschnallzeichen, und aus der zweiten Klasse drang erleichtertes Gemurmel.

Das Kalb war schlecht gewürzt und der Wein für seinen Geschmack zu kühl, doch dessen ungeachtet genoss er die bescheidene Mahlzeit, was ihn selbst erstaunte.

»Ist das Ihre Tochter?«, fragte der Mann zu seiner Linken.

Zeysen blickte überrascht auf.

Es war ein Cowboy, dem Akzent nach Texaner, mit Vollbart und überaus imposantem Bauchumfang. Das rechte Augenlid hing ein wenig herunter. Der Mann zeigte auf das Foto in der Akte, die aufgeschlagen auf Zeysens Schoß lag.

Vom Alter hätte es fast hinkommen können, und ihre langen dunklen Haare waren neutral und passten sicherlich in so manchen Stammbaum. Doch die Mundpartie und die Form ihrer Nase waren so vollkommen anders, dass Victor Zeysen begriff, dass der Cowboy nur Konversation betreiben wollte. Es konnte keine ernstgemeinte Frage gewesen sein.

»Nein«, sagte er. »Bloß eine alte Freundin.«

»Na, so alt sieht sie mir aber nicht aus«, lachte der Mann, und Zeysen stimmte höflich mit ein.

»Sie haben natürlich vollkommen recht«, sagte er und ließ seine Finger über ihr Gesicht gleiten. Dann fuhr er mit gesenkter Stimme fort: »Ich werde Ihnen ein Geheimnis anvertrauen. Aber Sie müssen mir versprechen, es für sich zu behalten.«

Der Texaner klopfte sich zweimal mit der Faust auf die Brust. »Ehrensache!«

»Also schön ...« Victor Zeysen blätterte die erste Seite der Akte um und löste die Sicherheitsnadel, mit der die Fotografie an den medizinischen Unterlagen befestigt war. Darunter kamen weitere Bilder zum Vorschein, auf denen die Frau noch ein Mädchen gewesen war. Das Wasserzeichen schimmerte durch die vergilbten Seiten, und Zeysen ertappte sich dabei, wie er über seine eigene, fünfzehn Jahre alte Unterschrift schmunzelte. »Damals stand ich noch am Anfang meiner Karriere, ein aufstrebender Arzt mit Visionen, so naiv, so unbedarft.«

»Sie sind Arzt?«, fragte der Mann neben ihm neugierig. »Was für ein Arzt?«

»Praktizierender Neurologe«, antwortete Zeysen nicht ohne Stolz.

»Ah ja«, sagte sein Sitznachbar etwas zu laut. Offensichtlich war ihm die konkrete Bedeutung des Begriffs nicht bekannt.

»Diese junge Dame hier ist eine meiner Patientinnen gewesen. Und Sie können mir glauben, wenn ich Ihnen sage, dass sie mir noch heute äußerst verbunden ist.«

»Also haben Sie ihr helfen können?«, murmelte der Texaner undeutlich, während er mit einem Zahnstocher in seinem halboffenen Mund herumwerkelte.

»O ja, und sie hilft mir. Sehen Sie, gerade kürzlich hat sie mich angerufen und mir aufschlussreiche Informationen geliefert. Sie berichtete von Plänen, und ich erkannte sofort, dass diese sich vorzüglich mit den meinigen vereinbaren ließen.«

»Hm-hm«, gab der Mann neben ihm von sich. »Was denn für Pläne?«

»Sie wollte einen Arbeitskollegen von mir besuchen, ohne dessen Wissen. Ich war es, der ihr Zutritt zum Haus verschaffte. Sie wissen schon, das Übliche: Ablenkung des Personals, zeitgenaues Ausschalten der Alarmanlage, Manipulation der Überwachungskameras und so weiter.«

Die Augen des Texaners weiteten sich ungläubig.

»Oh, es kommt noch besser, die abnormen Züchtungen meines Arbeitskollegen entpuppten sich als unberechenbar, aber …«, er tippte mit dem Ringfinger auf das Foto, »… aber sie hat meine Erwartungen nicht enttäuscht. Sie hat sie alle getötet. Züchtungen wie Menschen, einen nach dem anderen, und sich dann schlafen gelegt, als wäre nie etwas gewesen. Ihre jahrelange Konditionierung in Ravenstone hat im Laufe der Zeit nichts an Wirkung eingebüßt. Ganz im Gegenteil. Sie war immer mein vielversprechendstes

Exemplar, und als ich sie vor einigen Monaten endlich wieder aufgespürt und den Kontakt aufgenommen hatte, da war ihre Reaktion wie erhofft. Sie hat mir alles verraten, wissen Sie. Alles.«

Bei diesen letzten Worten wandte sich Victor Zeysen seinem Nachbarn wieder zu und sah ihm direkt in die Augen, um die aufsteigende Panik im Gesicht des Cowboys zu studieren. Der Adamsapfel vibrierte leicht, so als würde dem Mann etwas im Hals stecken. Zeysen tätschelte ihm die immer blasser werdende Wange.

»Ich sehe, Sie sind beeindruckt, aber das wahre Kunststück ist doch eher, dass die Gute keinerlei Erinnerung an all das besitzt, an die Exekutionen oder die Art und Weise, wie ich Kontakt mit ihr aufnehme. Sie weiß von alldem nicht das Geringste, und dennoch wartet etwas in ihr auf meinen nächsten Befehl, auf eine Botschaft, ein Zeichen ...«

Der Mann auf dem Nebensitz erwiderte nichts. Stattdessen rang er nach Luft, aber niemand schenkte ihm Beachtung.

Auch Zeysens Gedanken waren bereits einen Schritt weiter. Der nächste Zug musste wohlgeplant sein, denn die neurologischen Manipulationen durften nicht offensichtlich werden; schon allein deshalb würde er auf die bekannten Verhaltensmuster seiner Freundin Rücksicht nehmen müssen. Geduld und Enthaltsamkeit waren die wichtigsten Tugenden. Außerdem – was gab es Besseres als einen Gegner, den man langfristig unter Kontrolle hatte.

Das Gesicht des Texaners war mittlerweile blau angelaufen. Röchelnd sackte der Mann in seinem Sitz zusammen, während sich das dünne Holz des Zahnstochers von innen durch seinen Kehlkopf bohrte.

»Oh, haben Sie sich etwa verschluckt?«

Als das Herz des Mannes aussetzte, schob ihm Victor Zeysen fürsorglich die Schlafmaske über die erstarrten Augen.

»Danke, dass Sie mein kleines Geheimnis für sich behalten«, flüsterte er dem Toten in die erkaltende Ohrmuschel. »Ich schätze Menschen, die zu ihrem Wort stehen.«

Victor Zeysen klappte die Akte zu. »Ach, Joyce«, seufzte er, »du bist fürwahr ein Meisterwerk geworden. *Mein* Meisterwerk!«

Er verstaute die Mappe in seiner Tasche, setzte sich die Kopfhörer wieder auf und lauschte versonnen den Symphonien, die ihn in einen wohltuenden Schlaf geleiteten. Der Große Plan würde sich schon bald entfalten.

EPILOG

Die Tage verstrichen, ohne dass Charlie sich bei ihm gemeldet hatte oder wieder aufgetaucht war. Steven Burns hatte inzwischen herausgefunden, dass es einen Club in Gastown gab, wo der junge Mann als Bauchredner auftrat. Er war eines Abends dorthin gefahren und hatte sich nach Charlie erkundigt, aber man hatte ihm nur mitgeteilt, dass die Nummer kurzfristig aus dem Programm genommen worden war.

Um Sonny nicht Rede und Antwort stehen zu müssen, was seine Nachforschungen tatsächlich ergeben hatten oder wo die neuen Rezepte für sein geplantes Senioren-Kochbuch blieben, hatte Steven einige zusätzliche Schichten bei Mr Popescu übernommen.

Vor wenigen Minuten hatte er ein verliebtes Pärchen nach Hause gefahren, wo die zwei sicher fortzusetzen gedachten, was sie auf seiner Rückbank begonnen hatten. Jetzt kehrte er nach Downtown Vancouver zurück. Trotz des offenen Fensters hing noch immer der penetrante Alkoholgeruch des Paares im Wagen.

Das Funkgerät rauschte kurz, dann klickte es in der Leitung. Es war Popescu. »Burns! Da braucht eine Lady ein Taxi zum Hafen. Sie wartet am Nelson Park, Westeingang.«

Steven griff zum Mikrofon. »Zum Hafen? Mr Popescu, es ist gleich Mitternacht.«

Der Tonfall des Rumänen wurde aufbrausend.

»Mann, Sie sollen die Frau nur dort abliefern. Zerbrechen Sie sich gefälligst nicht –«

»Okay!«, fuhr ihm Steven besänftigend ins Wort. »Schon unterwegs.«

Er schaltete den Funk aus und bog an der nächsten Kreuzung ab. Der Nelson Park lag mitten im Westend, keine fünf Minuten entfernt.

Die Frau stand winkend am Straßenrand. Ihrer gepflegten Erscheinung nach tippte er auf eine Bankangestellte. Das Taxi war noch nicht ganz auf dem Bordstein zum Stehen gekommen, da öffnete sie auch schon die Tür und stieg ein.

»Hallo! Zum Hafen, bitte. Brockton Pier.« Ein angenehm dezentes Parfüm vermischte sich mit dem Alkoholgestank im Wagen, kaum dass die Frau sich gesetzt hatte.

»Um diese Zeit? Sind Sie sicher?«

»Ganz sicher.«

Steven ordnete sich wieder in den Verkehr ein und schielte zu seinem neuen Fahrgast hinüber.

»Ich will mich ja nicht einmischen«, setzte er das Gespräch fort, »aber Brockton Pier ist so ziemlich der übelste Ort, den man sich für einen nächtlichen Spaziergang aussuchen kann.«

»Ich treffe dort Bekannte, Mister …?«

»Burns. Steven Burns.«

Die Frau zog scheinbar überrascht eine Augenbraue hoch. »Hey, sind Sie etwa Steven Burns, der Schriftsteller?«

»Hm-hm«, war alles, was Steven erwiderte. Die Anspielung auf seine schriftstellerische Tätigkeit war ihm unangenehm, hatte er doch in den letzten Jahren kaum Nennenswertes zustande bekommen. Vorgestern Abend hatte er mal wieder den kläglichen

Versuch unternommen, einen seiner ersten Romane zu lesen, aber das Unterfangen nach drei Seiten enttäuscht abgebrochen.

»Ich habe Ihr letztes Buch gelesen, Mr Burns. Hat mir ganz gut gefallen, wirklich.«

»Danke.« Lügen kann sie gut, dachte er. »Mein Verleger sieht das leider anders. Seiner Meinung nach sollte ich besser Liebesromane schreiben.«

Die Frau kicherte belustigt. »Klingt so, als würde Ihr Verleger sein Geschäft verstehen.«

Steven dachte an Sonny und zuckte die Schultern. »Er ist ein Geldhai.«

Das Taxi verließ die Hauptstraße und bog in Richtung Hafen ein.

»Verraten Sie mir, woher Sie Ihre Inspiration beziehen.«

»Sehen Sie sich doch um. Vancouver ist Inspiration. Und in der Nacht kommen sie aus ihren Löchern. Verrückte, Perverse, Satanisten, die selbsternannten Heilsbringer ...«

Murphy, dachte er, wie viele von deiner Sorte gibt es noch da draußen?

Die Frau beugte sich ein wenig vor. Auf einmal wirkte sie auf Steven sehr interessiert. »Sie meinen, genauso wie diese geflügelten Gestalten? Die tauchen doch auch nur bei Nacht auf.«

»Ich hab's in der Zeitung gelesen«, winkte Steven ab und gab sich Mühe, beiläufig zu klingen. »Fünf Menschen sind verschwunden. Die Presse nennt sie die Fliegenden Schatten.«

»Oh, halten Sie bitte an«, unterbrach ihn sein weiblicher Fahrgast. »Da vorne sind meine Bekannten.«

»Die sehen aber nicht besonders freundlich aus.«

»Ich ...«

Schon wurde die Tür aufgerissen. »Steig aus, Joyce!«

Der Mann packte sie an den Haaren und zerrte sie aus dem Wagen.

Steven zog vorsichtshalber den Schlüssel ab und verließ das Taxi. »Immer sachte, Mister!«

Der Mann schien ihn nicht ernst zu nehmen. »Hier hast du zwei Dollar Trinkgeld. Und jetzt fahr weiter!«

Der andere baute sich breitbeinig vor ihm auf. »Mach, dass du wegkommst!«

»Was habt ihr vor?«, kreischte Joyce. »Ich hab euch nichts getan. Bitte!«

»Lasst die Frau los!« Das Bild der Gefolterten loderte in Steven Burns' Unterbewusstsein auf. Er hatte genug von Kerlen wie diesen.

»Es reicht!« Steven spannte den Abzug seines Revolvers. »Die Frau steigt jetzt wieder zu mir ins Taxi.«

»Der Kerl hat 'ne Knarre.«

»Und ihr rührt euch nicht von der Stelle!« Steven hatte beschlossen, die Waffe fortan immer bei sich zu tragen. Doch als er sie nun den Männern entgegenstreckte, zitterten sein Arm und seine Stimme.

»Kommen Sie, schnell«, rief er der Frau zu, die einer der Männer Joyce genannt hatte.

Die Frau löste sich aus der Umklammerung des Mannes und eilte ihm entgegen. Einer ihrer hohen Absätze knickte zur Seite, aber das schien sie nicht zu bemerken. »Ich ... ich danke Ihnen.«

Steven hielt ihr die Tür auf, da traf ihn der Schlag von hinten und warf ihn nieder. Sein Revolver wurde unter den Wagen geschleudert, und die Welt begann sich zu drehen.

Er hatte den dritten Mann nicht bemerkt.

Das Letzte, was Steven Burns hörte, bevor ihm die Sinne schwanden, war das triumphierende Lachen der drei Männer und wie diese Joyce seinen Namen schrie …

Dann wurde es schwarz.

»Lasst gut sein«, sagte Joyce Kramer zu den dreien, als sie Steven in den Kofferraum des abseits geparkten Buick befördert hatten. »Ab hier übernimmt Bakerman die Show.«

Sie wartete, bis die Kerle außer Sichtweite waren, dann wählte sie Bakermans Nummer.

Es klingelte zweimal.

»Ja?«

»Alles nach Plan gelaufen«, sagte sie, warf den Kofferraum zu und setzte sich hinter das Steuer.

»Sehr gut«, hörte sie Bakerman sagen. »Aber wir müssen Mr Burns einem letzten Test unterziehen.«

»Einem Test?«

»So ist es. Er wird für uns nach Eden Creek fahren. Er soll Bernard Cardieux finden.«

»Sind Sie sicher, dass das eine gute Idee ist?«

Bakerman schien amüsiert. »Machen Sie sich etwa Sorgen um ihn? Ich hatte eher damit gerechnet, dass Sie an seiner Kooperationsbereitschaft zweifeln würden.«

»Ihnen wird bestimmt was einfallen, um unseren Mr Burns zu motivieren«, erwiderte Joyce nüchtern und ließ den Motor an.

»Verfahren Sie wie besprochen. Um den Rest werde ich mich kümmern.«

Sie betätigte die Trenntaste, legte das Telefon beiseite und steuerte den Buick in Richtung der Lagerhallen.

gabriel burns
ES IST DER TRIP UND NICHT DIE ANKUNFT
Anspruchsvolle Hörspiele der Luxusklasse
mit den großen deutschen Synchronstars.
Mehrfach ausgezeichnet und überragender
Gewinner des Hörspiel-Awards.
Mit exklusiven Gast-Performances u.a von
JIMMY POP, SPORTFREUNDE STILLER,
BELA B. und SMUDO.
gabriel burns
In das Dunkel
gabriel burns
Zauberer
ANGST.
DAS ORIGINAL AUF CD.
www.gabriel-burns.de
UNIVERSAL
UNIVERSAL MUSIC GROUP

»Der neue und unbestreitbare Held des Actionkracher-Romans!«

Bild am Sonntag

Er führte seine Männer durch die Hölle. Er schützte das Leben des Präsidenten gegen jede Gefahr. Er lehrte die gewissenlosesten Terroristen das Fürchten. Captain Shane Schofield, Deckname »Scarecrow«, ist der gefährlichste Mann der Welt – für seine Feinde. Doch dieses Mal ist alles anders. Dieses Mal ist er das Ziel ...

»*Operation Elite* ist eine einzige große Actionszene, so spektakulär, daß man das Buch nur aus der Hand legt, um ab und zu durchzuatmen.«
Freie Presse

Operation Elite
Thriller
ISBN 978-3-548-26448-6

ULLSTEIN